講談社文庫

大地の宝玉 黒翼《こくよく》の夢

中村ふみ

講談社

目次

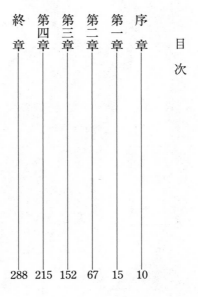

大地の宝玉　黒翼の夢《だいちのほうぎょく　こくよくのゆめ》

登場人物

イラスト／六七質

朱可《しゅか》

史述家を目指し、庚《こう》に密入国。裏雲に助けられる。

裏雲《りうん》

庚の宦官。切れ者として名高い。何やら秘密を抱えている。

正《せい》王《おう》后《ごう》
四十年以上前、徐《じょ》国から越《えつ》王家へ嫁いだ。名は瑞英《ずいえい》。
宇《う》春《しゅん》
暗魅《あんみ》。裏雲が使役する小猫の人花《じんか》。人としての外見は少女。

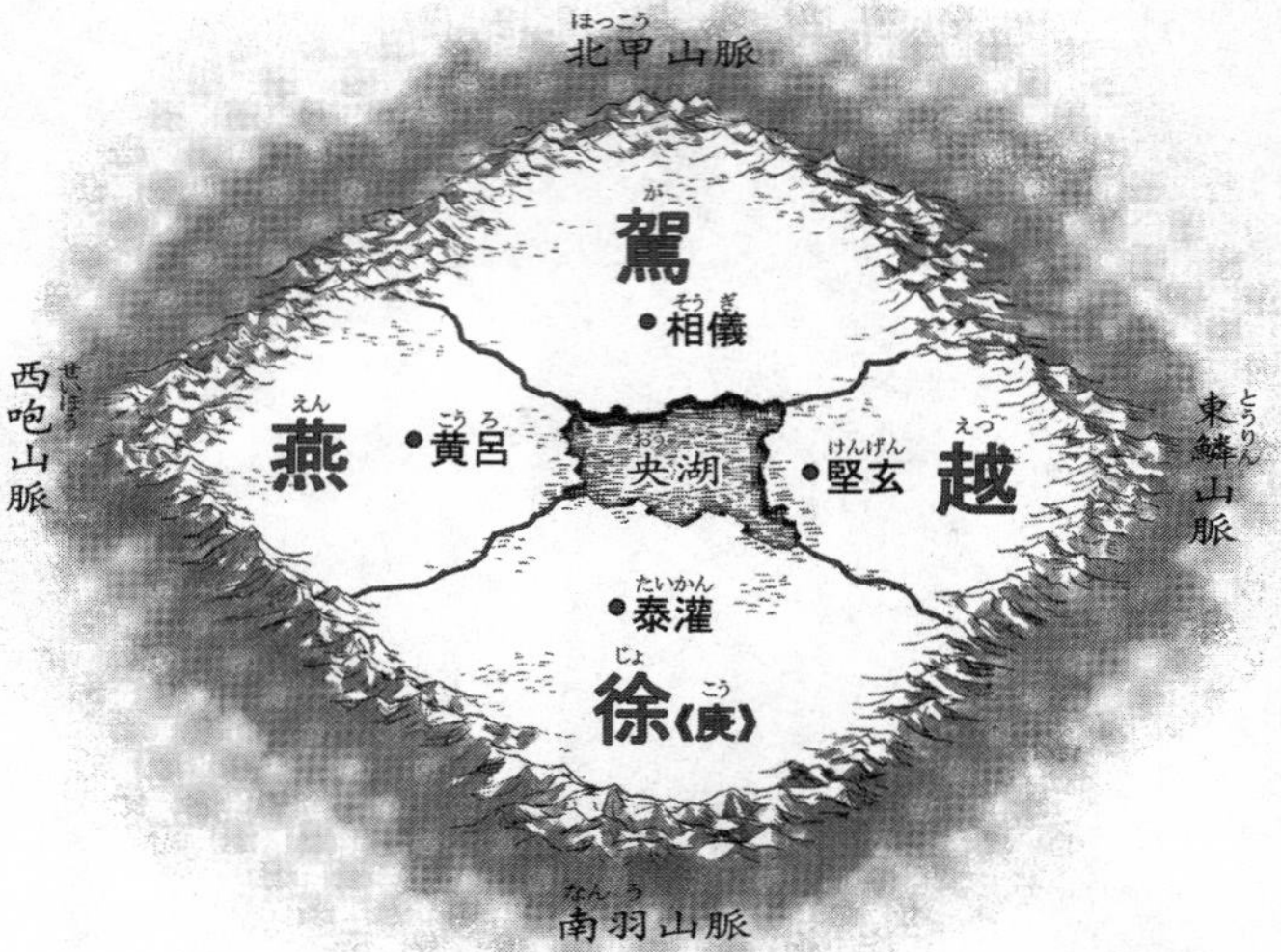

地図作成・
イラストレーション／六七質《むなしち》

大地の宝玉　黒翼《こくよく》の夢

書き手の私情が入ってはならない。
勝者の都合が反映されてはならない。
また権力を妬む者の妄想もいらない。
歴史が何者かの願望であってはならない。
この史書を繋《つな》ぐ者に固く戒めておく。

「天下《てんげ》古今《ここん》」より前文

序章

私が生まれた頃には祖父はもう他界していたのではないか。

時期が曖昧《あいまい》なのは、隣国で死んだからだ。遺品も遺骨のひとかけも、戻っては来なかった。

隣国は閉ざされた北の国。天下四国《てんげしこく》にあって、最も何が起きているのかわからない。

そこへ向かったのだから死地に赴《おもむ》く覚悟であっただろう。

随分時間がたってから、祖父が警備兵に弓で射られて死んだという話だけが伝わってきた。真実かどうかは確かめようがないが。

祖父は潘胡東《はんことう》といい、地域で教師をしていた。幼き頃より机を並べた、親友で出世頭の周文《しゅうぶん》が丞相《じょうしょう》になった縁で、四十にして大きな仕事を仰せつかったのだ。

『胡東よ、天下四国の歴史を記してくれ。我が国だけではなく、四国すべてだ。越《えつ》が誇る史述家となれ』

いきなりそんなことを言われたらしい。祖父は二つ返事で快諾したという。案外、そんな話を子供の頃からしていたのかもしれない。

「朱可《しゅか》、お祖父《じい》様はたいそう偉い方だったのよ」

母はよくそう言っていたものだ。

実際、母は舅《しゅうと》のことをたいして知らなかっただろう。結婚してまもなく、消えたのだから。

「何が偉いの？　昔のことなんか知って何が面白いの？」

小生意気な子供だった私はよくそう言い返していた。

若くして祖父の跡を継いだ父も昔のことに夢中で、幼い私は寂しい思いをしていた。少しくらいは拗《す》ねたくもなるというものだ。

子供にとっては今こそがすべて。

「私は毎日の暮らしで精一杯だからわからないけど、『昔のことは未来の道しるべ』なんですって。道を選ぶには地図が必要でしょう」

母は穏やかに言った。我が子に父親と祖父が生涯を賭けた仕事を嫌いにならないでほしかったのだと思う。

さて、母にそんな心配をかけた私も、文字が読めるようになるとどうしたわけか、史書に夢中になってしまう。

最初のうちは素直に書かれていることを受け入れていたが、小娘にもいろんな知恵がついてくる。歴史とは算術のように答えがはっきりしているものではないという事実に気付いていくのだ。

たとえば悪人とされている歴史上の人物がいたとする。

どういう理由で悪人とされているのか。今の価値観で当時のことを裁けるものなのか——そんなふうに考えるようになっていた。

だって私のことを不細工だという男の子もいれば、可愛《かわい》いという男の子もいたのだ。所詮主観なのだと心から思った。

それなら誰が悪人か、誰が英雄かも、書いた史述家の主観ではないのだろうか。死なせた数なら意外に英雄の方が多かったりする。

歴史書は善悪を決めてはいけない。読み手の考えを誘導するような記述もするべきではない。そう思った。もちろん、そこには父の教育もあっただろう。

こうして私はちょっと変わり者の史述家へと成長していった。

十四歳の夏、父の訃報が届く。

父が徐《じょ》国に行って連絡が途絶えて四年。やっと報《しら》せが届いたと思ったら、亡くなっていた。

徐は王国軍と革命軍との間に内戦がおきて、結局十年ほど前、〈庚《こう》〉と国名を変えた。徐は滅び、王族は根絶やしにされたという。その後も国情不安で心配していたが、母と私の願いは届かなかった。

私宛に手紙と帳面が遺《のこ》された。

父は穏やかな人で、朱可には自由に生きてほしいと常々言っていたが、その実、娘を史述家三代目にする計画は出来上がっていたと私は確信している。へそ曲がりで疑い深い娘の性質を見抜いた上で準備していたらしい。帳面には暗号や謎かけのような記述がちりばめられており、「さあ、解いてごらん」と笑う父の顔が目に浮かぶようだった。

この勝負、乗った――そう思ったものだ。

潘家の家業を誇っていたはずの母は、父の客死から不安を感じたのか、三代目を目指す娘をなんとか嫁に行かせようと試みた。嫁に行き、子供ができてしまえば女は動くに動けないもの。史書のことなど婿にでも任せればいい、と説得にかかった。随分勝手な気もするが、親というのはそうしたものだろう。

なにしろ私はたった一人の子で、娘だった。

心配する母をおいて天下四国を巡ろうなどとはさすがに思わなかった。ただそのときがくればいつでも動けるようにと、日々体力づくりに努めた。傍目《はため》には働き者の娘だったただろう。おかげで縁談は引きも切らず。

しかし、心が動かされるような出会いはなかった。祖父や父のような情熱を秘めた男性はいなかったのだ。

祖父と父が遺したものをまとめているうちに、私は二十歳《はたち》を迎えていた。

その年の冬、母は娘を心配しながら亡くなった。史述家を諦めさせようとしていた母は最期にこう言った。

『お父さんが見なかったものを見なさい』と。

許しは得たと思った。もしかしたら、別の意味だったかもしれないが。それはあえて考えないことにする。

葬儀を終え、墓を伯母に託し、私は旅立とうとしていた。

丞相の周文閣下になんとしてもお目にかかり、いろいろご相談せねばならない。なにしろ旅というものはお金がかかる。手形だって必要になる。

何がなんでも融通してもらわなければならないのだ。

天下三百十二年、暮れの決意であった。

第一章

一

たかだか風邪くらいで十日も寝込むとは。

これだから歳はとりたくない。熱は下がったというのに、未だに節々が痛み、床から離れることもできなかった。

医者が言うには、もう人にうつす心配はないらしい。これで安心してあの方をお招きできるというもの。

潘胡東《はんことう》の孫娘は家も売り払い、一人で旅立ったと聞く。まったく猪突猛進なところは祖父譲りか。倅《せがれ》の道慶《どうけい》はもう少し落ち着きがあったものだが。

周文《しゅうぶん》が丞相《じょうしょう》の地位に就き、すでに四十年以上が過ぎていた。長すぎた。何度も代わろうとしたものだが、うまくいかずこの様《ざま》である。

風邪の他にも大きな病が見つかった。

周文はもう少しだけ生きたかった。

（あのお方を一人にするのは心残り）

越国正王后《えつせいおうごう》、瑞英《ずいえい》様——丞相として何より大切にしていたのはあの方を支えることであった。気丈で美しかったが、一人になれば故郷の徐《じょ》への想いが溢《あふ》れ泣いていた。あのお方をお守りすることがこの国を護《まも》ることにつながった。

できることならあの方を王にしてしまいたかったが、そういうわけにもいかない。それではまるで越が他国に乗っ取られたかのような印象を与えてしまう。

天下《てんげ》四国《しこく》の均衡こそこの地の安寧《あんねい》。

だが、意外に他国のことは知らずにいる。どこも暗部は知られたくないものだ。越が他国の情勢を積極的に調べ始めたのは周文が丞相の座についてからのこと。それ以前のことは藪《やぶ》の中だった。近年鎖国している駕《が》国、徐は滅び庚《こう》になり、行き来も制限されている。このままでは多くが埋もれてしまう。

昔からかねがね思っていたものだ。四国の正確な史書がほしいと。

四国以前のこととなればまるで神話のよう。史書らしきものはあれど、叙事詩のように語られ、そのときの王を崇《あが》めるばかり。

芝居の演目としてはそれでも良かろう。しかし、後世に残す学問としてはあまりに稚拙で偏《かたよ》りが見苦しい。

天下四国とて永遠ではない。だが、安寧を少しでも引き延ばす策はある筈《はず》。歴史の中にこそ示唆がある。歴史から学ばねば愚行を繰り返すのみ。

周文は丞相の地位に就くと一人の男に命じた。

天下四国の歴史を記せ、と。

それが潘胡東——この男とは幼い頃より共に学んだ。考古学と史学に通じた一老師であった。家柄の差もあり、周文とはその後進む道は異なったが、親交は続いた。

勝者の歴史ではない。王家の太鼓持ちでもない、そんな史書を潘胡東に作らせたかった。彼もまたそんな史書を残したかった。両者の思惑は一致し、周文は友に充分な資金を提供した。もちろん、身をやつすに適した手形も出した。

越の歴史は教師の傍《かたわ》らすでに調べ尽くしていた。潘胡東はまだ少年であった息子道慶を連れ、徐国へと旅立った。胡東の妻は二人の娘とともに編纂《へんさん》を手伝い、留守の家を守った。一家総出の大仕事となったのだ。

駕は固く国を閉ざしており、父と息子は徐に向かう他はなかった。

四国南に位置する徐は夏は暑く、冬暖かい。そのせいか、よく言えば情熱的、悪く言えば思考より行動が先に来る国民性でもある。

潘親子は徐への旅を楽しんだようだ。

無論、他国の歴史を暗部まで調べ上げようなど、向こうにとって都合の悪い存在でしかない。殺されても仕方がないのだ。捕まれば外交上とんでもないことになる。あるときは物見遊山《ものみゆさん》の旅人、あるときは珍品を求める商人。そんなふうに身をやつし、潘親子は調べ続けた。そのまま燕《えん》に向かい、女王国の悲哀までも記していった。玉座を捨て愛する男と逃げた十二代尚真《しょうしん》女王のことなど、燕の誰よりも詳しかったに違いない。女王が実は誠実な統治者であったことも突き止めた。

駕国に入ることは叶《かな》わず、潘親子は数年ぶりに越へ戻った。そこでしばらくは編纂に励んでいたが、潘胡東はどうにも駕国のことを諦めきれなかった。

彼《か》の地を調べずして〈天下古今〉などと史書に名付けられようか。その一念であっただろう。息子を巻き込めないと、一人で駕国へ向かい、生きて戻ることはなかった。

それが二十年ほど前のこと。

倅の潘道慶には家族を大事にしろと伝えた。これ以上犠牲は出したくなかった。竹馬の友を死なせてしまって、なんとも辛《つら》かった。しかし、道慶とて少年の頃から極めてきた道。〈天下古今〉をより充実させたいという気持ちを抑え込むことはできなかっただろう。

時代は変わりつつあった。

その年、折しも干ばつは四国全土に広がり、どこの国も困窮に喘《あえ》いでいた。鎖国している駕からも米を売ってくれないかと話が来たくらいである。

越国も厳しかったが、瑞英王后は極寒の国の民を思い、できる範囲で融通したものだ。

燕国では一揆《いっき》が頻発し、徐国では王政への不満が高まっているという。無論、越とて苦しかった。二人の王子の跡目争いは目に見えており、国を二分しかねない。

そんなとき、潘道慶は徐へと向かうことにした。

瑞英王后陛下が祖国である徐の行く末を案じていたせいもあったのではないかと思う。

幼い娘と妻を残し、道慶が旅立ってまもなく、徐は倒れた。凄《すさ》まじい内戦を制したのは反乱軍の山賊王であった。

道慶もまた帰らぬ人となった。

〈天下古今〉は今ある分で編纂をすすめ、より良い形にしたい。潘胡東・潘道慶の名は天下四国随一の史述家として後世まで語り継がれるのだ。

そのつもりだったが……

「まさかあの小娘がのう」

最後に会ったときはまだ小さな子供だった。目に力がある利発な顔だちは祖父似で、いずれ立派な学者になるだろうとは思ったが、まさか女一人で徐国に向かってしまうとは。

相談に来たようだったが、生憎《あいにく》この老体はすっかり寝込んでしまっていた。屋敷の使用人たちは丞相閣下を守るべく、あらゆる来客を断り、ひたすら治療と養生に専念させたのだ。それを叱るわけにはいかない。

援助も了解も得られなかった潘朱可《しゅか》は家を売り飛ばして旅に出た。〈天下古今〉を書き続けるために。

周文には潘三代をこの道に引きずり込んだ責任がある。朱可までも異境の地で死なせるわけにはいかない。

とはいえ、すでに朱可が旅立って幾日もたつという。今から追いつくのは難しいだろう。

「まして、庚も鎖国に近い」

庚王は荒れた国を他国の者に見せたくないのだろう。天下四国の庚である、と嘯《うそぶ》いてはいるが、所詮山賊上がり。玉《ぎょく》すらない。天が認めた国ではないのだから。

そんな国に若い女が一人で潜り込んでどうなることやら。何かあっては胡東にも道慶にもあの世で顔向けができない。

周文としては今できることをする他はない。そのためにあのお方に来ていただくしかなかった。

寝台に横たわり、静かにおなりを待つ。

この世で最も信頼し、不遜にも生涯の友と勝手に慕うあのお方は必ず来てくださる。

「閣下、お喜びください。陛下のおなりです」

忠実な世話役が朗報を持って、寝室へ飛び込んできた。


翌日、瑞英は庚との国境近くにある猟場に赴《おもむ》いていた。

寒空《さむぞら》の下、野生のままの森の中で弓矢を持ち、空を見上げていたのである。王后陛下は酔狂にもお忍びで狩りに来たということになっていた。

それもこれも長年の友である周文に「伏してお願い申し上げます」とまで言われてしまったからだ。

その友が老いて病に臥していたというので案じていたのだ。すぐに来てくれと使いが来て瑞英は狼狽《うろた》えた。もしや危篤なのではあるまいかと、すべての予定を取りやめ、瑞英は丞相の屋敷へと駆けつけた。

それなのにあの爺《じじい》はぴんぴんしていた。せめて元気になったことくらいは報《しら》せておけと言いたくもなる。もしかしたら心配させてみたかったのかもしれない。

(友人の孫娘を守るのを手伝ってくれだと)

正王后を呼びつけておいて頼み事とは不躾《ぶしつけ》な話だが、越に嫁いでからというもの周文には世話になり続けた。

右も左もわからぬ場所で生きてこられたのはあの男がいればこそ。この向こうに祖国があるからなのか、嫁ぐことになった頃のことを思い出す。

瑞英は第十三代徐王の末娘であった。

越国王太子妃となるべく十七歳で嫁いだのだ。

本来は一つ上の姉が嫁ぐことになっていたのだが、この姉姫には想い人がいて頑として政略結婚を受け付けなかった。韻《いん》郡の貧乏貴族だという男とどうやって知り合ったものやら、すっかり心を奪われていた。越に嫁ぐくらいなら死ぬとまで言われれば、王もどうにもできず、縁談が瑞英に回ってきた。

無論、瑞英とて二度とは戻れぬ他国に嫁ぐのは気がすすまない。しかし、姉の一途《いちず》な気性を思えば本当に死にかねない。

さしあたって瑞英にはそこまで慕う男もいなかった。

『まあ、これもさだめか』

そう開き直って越に嫁いだのである。

それにしたってもうちょっといい男であってくれれば。最初に悟富《ごふ》王太子を見たとき思ったものである。

丸々とした外見は可愛《かわい》らしいと言えなくもなかったが、怠惰で王太子として学ぶ姿も見られない。一方瑞英は人に任せるくらいなら自ら動くという性質だ。夫の代わりに仕事をこなし、越の真なる王と呼ばれるようになっていた。

幸いなことに瑞英は統治という仕事に向いていた。丞相周文はできる男だ。これが王だったなら、と思ったこともある。歳の差もあり、色っぽいことにはならなかったが、忌憚《きたん》なく話せる良き友にはなれた。

周文が潘胡東、潘道慶という親子に〈天下古今〉という史書を書かせているのは聞いていた。瑞英も大いに賛同したものだ。とくに祖国を失ってからは徐の記録を残したいと強く願っていた。

天に選ばれた徐。都の美しさは四国一と謳《うた》われた。無論、内乱はあった。権力を巡る争いもあった。それでも一代一代王国としての基盤を積み上げてきたのだ。その功績を無知な山賊王などに踏みにじられて良い筈がない。

敗者を貶《おとし》めない歴史書。その試み、支援せずにいられようか。

周文とは同志、あらゆることにおいて共犯のようなもの。彼のたっての願いならば叶えてやろうではないか。

縁談も蹴散らして徐に入ったという潘朱可という娘も気に入った。若い女の身で剛《ごう》毅《き》なことだ。その志、大いに称賛に値する。事実を追求した史書に存分に挑んでもらいたい。
危険な旅になるだろう。庚王も徐の姫が嫁いだ越という国を注視している筈。商用
などで最低限の行き来はあるが、手形を持たない越の者となれば命はない。
「死なせはせん」
瑞英は西の空に向かって呟《つぶや》いた。
広い森は寒々として、乾いた風をすり抜けさせていく。過ぎ去った歳月にまで想い
を馳《は》せてしまうのは、この向こうに祖国があるからなのか。
「あの……何かおっしゃいましたでしょうか」
侍女は樹木が生い茂った野生のままの森に辟易《へきえき》しているようだった。まさか狩りに
ついてこなければならないとは思いもよらなかっただろう。奥の陣の洗練された庭と
は違い、野生そのままだ。そんなところに王后は弓矢を持ち、どっしりと立ってい
た。
「気にするな、独り言だ」
侍女は心得たように肯《うなず》いた。
「何か言い付けられたかと思いまして」
「自然を相手に愚痴っていたのだ。徐が滅んでからというもの舐《な》められておるから

の。今に見ておれと呟いていたのよ」

「まさか、王后陛下にそのような」

「そなたとてわかっているだろうが。わらわは徐国の姫だった。その徐国は滅んだ。

後ろ盾をなくしたようなもの。あれから二人の王子たちに軽んじられて、不憫《ふびん》な寿白《じゅはく》を助けることもできなんだ」

長く仕えている侍女はそこを否定できなかったようだ。強気な王后が気休めを好まないこともよく知っている。

「ですが、王后陛下と丞相閣下あっての我が国です。それは誰も否やとは言えません。ご威光は決して消えはしません」

長く仕えてくれている侍女は女主人を心から誇りに思っているようだった。

「ふふ、そなたには世話になっているな。どれ、喉《のど》が渇いた。温かい茶を持ってきてくれぬか」

「はい、お待ちください」

侍女が一旦森の外に戻る。

一人になったところで、瑞英は片手を空に伸ばした。

(鳥よ、参れ。この手に留まれ)

徐の王家に伝わる獣心掌握術。始祖王蔡仲均《さいちゅうきん》は遣い手だった。以来、王家ではこの術を伝承してきた。

使役するまでもなく、獣を一時的に操る。蔡仲均は人懐っこい男で多くの人を魅了したというが、その力は人間以外にも及んだということだ。

徐の王族でも使えない者の方が多い。だが、瑞英は多少これが使える。

厳密にいえば鳥は獣に含まれないかもしれないが、最も利用しやすいのは鳥だった。

鳥に国境はない。

どんなおぞましい国にも入っていけるだろう。連絡をとってもらわなければならない。朱可は死なせない。徐国とて死なん。

周文とわらわの目——徐をよく知る密偵がいる。

＊　＊　＊

小さな赤い巾着袋に入った金と手形、そして短い手紙を鳥から受け取った。

距離はほんの二里ほどだろうが、これがなんとも遠い。少年は手伝いを終え、空へ帰っていく鳶《とび》を見送り、中を確認する。短い手紙はこれからの指示である。

謝楓《しゃふう》よ、息災でおるか。

無理をせず為《な》すべき事をこなしていくそなたのことだ、案じてはおらぬ。

こたびは我が相方より頼まれた。鳥や獣を操れるものだから、いいように使われてしまうわ。呼びつけて、命じるのだぞ、わらわに。まったくたいした奴《やつ》だ。

さて、この金を潘朱可という若い女に渡してほしい。潘道慶なる史述家の娘だ。まだ幼い頃、友の家で一度わらわも会っている。そのとき供をしていたそなたも会ったことがあるな。変わっておらんようだ。人の名や顔を忘れぬそなたなら気付く筈。数日前、王都を出て庚へ入ったところまでは確認できているらしい。袋を渡し、あの方からだと言えば察するであろう。

これもまた面白い女になっておる。そなたや朱可のような、諦めの悪い若者がお気に入りでな。わらわができることなど支援してやることくらいだろうて。

謝楓よ、生き抜け。

わらわは身内一人助けられなんだ。そなたが兄弟に会えることを祈っておる。そのときはわらわの目という役割を終えてかまわぬのだ。

読み終わると、謝楓はすぐに手紙をちりぢりに破り、風に吹かせた。

この広い国から女一人探し出せとは無茶を言う。越の正王后陛下は国境の森を挟んですぐそこにいるが、簡単には会えなかった。

かつて徐だった国に謝楓はいる。

だが、すべては変わってしまった。春になってももはや桃の花すら咲かないのかもしれない。大地は実りを忘れているかのようだ。

庚などという国は天と関わりがない。

徐とは違う。そのことに民が気付いても、もうどうにもならないものか。

王后陛下が獣心掌握術なる珍妙な術を使えるおかげで、こうして定期的に連絡がとれている。

（おれにはできなかった……この術。血統だけの問題ではないらしい）

謝楓は片手をあげて鳥を呼んでみたが、虫一匹留まることはない。

少年は顔を上げた。自分は運が良かった。この運を与えてくれた正王后様のために働こう。

そしていつか――

二

天下四国とは天を支える一つの輪。

言葉も文字も元号まで同じ。本来一つの民族である。

なのに何故《なぜ》ここまで隣国に入るのに苦労させられるのか。山越えをしてここまでたどり着いた朱可にはどうにも納得できない。

そもそも庚国では女人の出入りを禁止しているのだという。北の駑は鎖国しているわ、南の庚はこのありさま。おかげで越からはどこにも行けなくなっている。

「よっぽど見られたくないのか」

まあ、その気持ちもわからなくもない。

なにしろひどいありさまだった。かつては日々の営みがあったであろう村の痕跡が残るばかり。

大火事があったというより、打ち壊され、焼き払われたのではあるまいか。そんなふうに見えた。数年経てば原因は特定できないが、想像はつく。

これまで庚などという国はなかった。ここは天が認めた四人の始祖王の一人、蔡仲均が打ち立てた徐国であった。

東の越、西の燕、南の徐、北の駑。これこそが天下四国なのだ。ところが徐は飢饉《ききん》が続き、そこから反乱が起きて王宮を占拠される。国王夫妻は国に殉じた。

しかし、王太子の寿白は小隊に守られ落ち延びた。庚軍はその子供を追いかけた。国を奪ったところで、根絶やしにせねば枕を高くして寝られない。庚王の執念ともいうべき討伐だったという。

内戦と追討でこの国は荒れ果てたとは聞いていた。それが今、眼前に広がる眺めなのだ。

戦とは酷《むご》いものだが、戦が歴史を作るという面もある。それこそは現実だった。史述家としては複雑なものがある。

祖父、父、そして三代目潘朱可はこの天下四国の成り立ちから今までを客観的に記述し、後世に残すために危険もなんのその旅に出たのだ。

長い髪を後頭部で一本に縛り、動きやすい男のような形《なり》をして、朱可は庚にやってきた。若い女一人となると何かと危ないと男に見えるようにしてきたが、その心配もいらなかったかもしれない。今のところ人と会うこともなかった。それくらい荒廃している。

かつてはよく実る畑だっただろうに、今は雑草も生えていない。壊れた鋤《すき》が野ざらしのまま朽ちている。探せば人の骨も見つかりそうだ。

朱可は歩いた。長い旅になるだろうが、足腰は丈夫だ。庚軍の兵士に見つかることだけが恐ろしい。

「……父さんも殺されてるし」

六年前、父はこの国で死んだ。他国の密偵と思われたようだ。

四国全体が傾いている今こそ、史書に意味はある——父の口癖であった。ある種静かに取り憑《つ》かれているかのような父を冷ややかに見つめていた頃もあったのだが、結局私は跡を継いだ。

(でも、私は志半ばでは死なない)

やり遂げて、のんびりと余生をおくってみせる。美味《おい》しいものをつまみながら飴《あめ》と鞭《むち》で優れた後継者を育てていく——そんな余生だ。そういう計画だけは完璧なのだが、問題は今。集落が消えているということは、補給もおぼつかないということ。水も食料も乏しく、すでにまずい状態にあった。

廃屋《はいおく》に身を寄せると朱可はその場に座りこんだ。疲れたし、足の指のまめが破れて痛む。今日はもうここが限界だった。

南の徐とはいえ、季節は冬。夜から朝方にかけてはけっこう冷えた。焚《た》き火を熾《おこ》さなければならない。一人旅とは休む間もない。

そこらへんから木くずを集めたが、火を熾す余力はない。もう少し休んでからと朱可は横になった。

母が亡くなり、国を離れる決心がついた。そうなることを案じて伯母は嫁に行けと大急ぎで何人か男を見繕ってきたが、それも蹴散らしてきた。

祖父と父が書き残した〈天下古今〉を繋《つな》いでいくのだ。すぐに動かなければ結婚させられてしまう。男は妻子にあとを任せ、金さえ遺《のこ》していけばなんとでもなる。だが、女は所帯を持てばそうもいかない。生涯独り身の覚悟はできている。

潘朱可はもう小娘ではない。

越国丞相、周文からじきじきに命を受けた祖父潘胡東と父潘道慶の跡を継ぐ三代目なのだから。

結局祖父は帰らぬ人となった。

史述家潘胡東は駕国で何を見たのだろうか。いつか朱可も駕国に入りたいと思ってはいる。ただ、まずは庚と燕だ。

父が死んだ頃の庚は殺気だっていたという。逃避行を続ける寿白王太子が見つからなかったからだ。

「もう、収まったのかと思ったけど……」

庚には荒廃した国土を建て直す力がないのかもしれない。

四国の中では最も面積があり、二毛作のできる暖かな土地だ。ただ、河川の氾濫《はんらん》と干ばつには悩まされていたという。

国が弱ると民の不満は高まる。三百年続いた王国すら滅ぼしてしまうほどに。

同じ過ちを繰り返さない。少しでも過去を参考に統治ができるように。史書はそのために必要だ。

妄想や願望であってはならない。潘胡東が周文丞相から大任を命じられたのはそれができるからだ。誰かにとって耳の痛いことも記述する。

越の王后様は面白がってカラカラ笑いそうな御方のようだが、庚の王様からすればこんな史述家など万死に値するだろう。

西の空は禍々《まがまが》しいほど赤い。日が暮れようとしている。

どこかで休まなければならないが、どうしたものか。地図はあっても、徐国の頃のもの。ここまで変わっているとは想像以上だった。かつて村だった場所の廃屋を見つけ、朱可は潜り込んだ。辛《かろ》うじて屋根と壁があるだけでもありがたかった。

「疲れた……」

野宿は慣れたものだけど、できればしたくない。宿に泊まりたいものだ。だが、まず集落すらない。

庚という国の惨状の一端を垣間《かいま》見たからこそ、徐と庚のこともしっかり書き残したい。易姓革命とはとうてい思えないのだ。父が残したものと、今この目で見ているものから考えて、庚が天の祝福を受けた国などとどうして思えるだろうか。

徐国での目的は大きく二つ。

一つは庚王の治政を都まで行き確かめること。

もう一つは寿白王太子が残したという——

「そこに誰かいるのかっ」

男の声がして、朱可は驚いて体を起こした。

見つからないように廃屋の節穴から目を凝らす。馬に乗った兵士が見えた。馬の足音が聞こえなかったのだから、どうやらうとうとしてしまっていたらしい。

(庚軍の兵……見つかったら殺される)

集めた木くずが不審に思われたのだろうか。

しかもなかなか立派な軍装をしているところを見ると、一兵士ではなく階級の高い軍人だろう。

「山賊でないなら出てきなさい。この辺は獣や暗魅《あんみ》も出る」

意外にも紳士的な呼びかけだった。だが、信じてなるものか。父を殺したのはおそらくこの連中なのだから。

男は諦める気がないらしく、馬を下りるとこちらに近づいてきた。一人なら不意をつけば勝てるかもしれない。もっとも軍人が単騎で辺境にいるとは思いにくい。

「女か子供か、悪いようにはしない。私は東辺境守備隊の雑号《ざつごう》将軍楊栄《ようえい》。部下が来ると面倒だ。顔を見せないか」

なんと名乗った。しかも将軍とは。

悪いようにしないなどという言葉を信じるほど初心《うぶ》ではない。とはいえ、確かに部隊が集まると面倒なことになるのは理解できる。このまま縮こまっているところを見つかるよりも一か八か賭けた方がいいのかもしれない。

潘家三代目。希代の史述家になる予定。みっともないことはしたくない。

「そんなに私の顔が見たかったの？」

半ばやけくそで朱可は男の前に出た。

「何故こんなところにいる」

「私はここの村の出なの。せめて手を合わせたいと思って」

そうか、と楊栄将軍は小さく肯いた。将軍職にしては若い。逞《たくま》しく、凜《りん》とした顔の男だった。女と見れば襲いかかるような類いではなさそうだ。

「一人でここまで？」

「一緒に来てくれる人なんていない。こんなところに」

うち捨てられた村の女としてうまく怒りが出せたかもしれない。きっと徐の女だってこのくらい気は強い筈。なにしろ瑞英王后陛下の生まれ育った国だ。

「だが、無謀だな」

「女の一人旅ができるくらい良い国にしてほしいものだわ」

「越ならそれができるのか」

朱可は飛び上がりそうになった。うまく芝居はできていた筈。何故、この男に見抜かれてしまったのだろう。

「気をつけるといい。同じ言語でもけっこう訛《なま》りが出るものだ」

「あ……はい」

思わず神妙に返事をしてしまった。

「だが、きっと越は良い国なのであろうな」

「いろいろあるよ。屍蛾《しが》は飛ぶし、王子二人は仲悪いし」

ついつい自国の問題点を語ってしまった。

「立派な成人の王子がいるというのはいいことだ」

「どっちもできるお方だから大変みたいよ」

一の宮は温厚で、二の宮は切れ者だというのがもっぱらの評判だった。双子でもないのに、同じ日に生まれた王子だけに根が深い。

「贅沢《ぜいたく》な悩みだな」

「お二人とも王后陛下のお腹じゃないから、こじれるのよね」

「王后陛下はお元気か」

「お元気だと思うわ。王后陛下のおかげで越は保《も》っているようなもの」

これも他国に情報を流していることになるのだろうか。自分では世間話のつもりだけれど。

「それはなにより」

徐から輿入《こしい》れした正王后を徐の武人が気にかけてもおかしくはない。

「どうして私がここにいるとわかったの？」

「足跡だ。歩幅や大きさで大人の男ではないだろうと判断したまで。何日も雨が降らないと残るのでな」

さすが、人の出入りを監視する辺境の武人だ。こんなに簡単にばれてしまっては先が思いやられる。

「で、手形はあるのか」

「ない……けど、私は悪党でも密偵でもないわ」

善良でいたいけな若い女なんだからね、と胸を張る。

「そのようだな。密偵なら土地の訛りも熟知している。どんな用か知らないが、明日にでも来た道を戻れ」

「足は痛いし、お腹が空いて動けないのよ。喉も渇いてる」

間抜けで偉そうな女に、楊栄将軍は肩をすくめた。

「ほら、水と干し飯《いい》、それに燻製《くんせい》の肉を少し」

楊栄将軍は袋を差し出した。庚の兵は残虐非道だとばかり思っていた朱可には神を見た気分だった。

「分けてくれるの？」

「武人とは民を守るためにいる」

完璧な答えをいただいた。

「なに、何日か前、逆に私が旅の少年に助けられた。馬が毒蛇に嚙《か》まれて、可哀想《かわいそう》だが殺すしかないかと思ったが、手当してくれたものがいた。強い毒ではないとな。おかげで馬はああして元気だ。すぐに諦めて見捨ててはいけないものだな」

楊栄将軍は自らを恥じるように呟いた。

「その人も越の訛りがあったの」

「いいや。歳の頃十五、六で、獲物を求めて移動している狩人のようだったが……どうかな」

「もしかして見逃しまくってない？」

これでは国境警備の意味がなさそうだ。そこを楊栄将軍は否定する気もなかったようだ。

「かつて越では徐の難民を見逃してくれたと聞く。私も自分の目を信じたい。すぐに越に戻ると約束してくれ。部下の前で見逃すわけにはいかんのだ。いいな」

「帰りますっ」

ぬけぬけと嘘《うそ》をついた。

「朝になってからでいい。二度と会わないことを願う」

馬に乗り、颯爽《さつそう》と去って行く将軍を見送り、朱可はその場にへたり込んだ。

夕焼けが逆光となって、遠く騎馬が数体見える。あれが部下たちなのだろう。見つかったら大変と、四つん這《ば》いになって廃屋に戻った。

あんな人もいるんだ……取って食われるかもしれないくらいの覚悟だったが、庚の軍人といえど同じ人間ということか。

「いやいや」

たまたまかもしれない。気を緩めてはいけない。

でも、このことはあとで手記に残しておこうと思った。貴重な食料までもらったのだから。

水を一口飲み、ほうと吐息を漏らす。こんな調子で四国を回って越に戻るなどという野望は叶えられるものなのか。何年かかっても、いや何十年だろうとも、やり遂げたい。きっと、後の史書の要になるようなすごい瞬間が見られる筈だ。

徐国の東辺境に日は暮れる。

地平線まで荒野は続く。赤く染まり、錆《さ》びた大地のようにも見えて、朱可はこの様子を急いで絵に残した。色がないのが残念だが、記録のためにこうした描写は練習しておいた。文だけでは伝わらないこともあるのだから。

様子を窺いながら、朱可は火を熾した。干し飯を軽くあぶって口に含む。もちろんたいして美味《うま》いものではないが、保存食なんてこんなものだ。

すっかり夜になり焚き火を頼りに文章を連ねていく。自分にさえわかればいい殴り書きだ。他人には読まれない自信がある。兵に見つかり手記を奪われたときのためだった。庚はどんなささいなことも見逃さないだろう。国の荒廃をよそに知られたくはない筈だ。

「庚国に入り、三日目。辺境斉《さい》郡は未だ集落が見えない。小さな村は戦火に蹂躙《じゅうりん》されたようだが、村人は無事に逃げられたのだろうか。それとも……。あまり気が滅入《めい》ることは考えたくない。出会った庚の軍人は思いの外、好人物であった。しかし、おそらく私は運が良かっただけなのだろう。とりあえず斉の郡都へと向かう。その前にどこかで休めるような集落があることを願いたい」

ブツブツと小声を出しながら書いていく。

「斉郡を抜け、坤《こん》郡へ行くとなると途方もない。馬でもほしいところだが、兵士でも襲って奪わないことには無理だろう。四国はなんと広いことか」

朱可は帳面を閉じると目蓋《まぶた》も閉じた。

途方もなく先は長い。疲れを明日に残してはならない。

三

天下四国とは今から約三百年前、天が選んだ四人の始祖王が打ち立てたもの。

この地は北に北甲《ほっこう》山脈、東に東鱗《とうりん》山脈、西に西咆《せいほう》山脈、南に南羽《なんう》山脈の四つの大山脈に囲まれている。

異境の地からは隔絶された土地であった。そのため異民族との戦になることはなかったが、山脈に囲まれた中では血で血を洗う戦いは幾度もおこっていた。まとまらない地上に嫌気が差したのであろうか、天が動いた。

一騎当千の武人、曹永道《そうえいどう》は東に越を。

天の声を聞く佳人、灰歌《はいか》は西に燕を。

獣を操る魔剣士、蔡仲均は南に徐を。

呪術を極めた若者、汀海鳴《ていかいめい》は北に駕を。

かくして天下四国は整い、この地から大きな戦はなくなったのである。

とはいえ、三百年。ガタもくる。駕はずっと鎖国をしていて窺い知れず、燕は砂漠化と王権の弱体化に苦しみ、越は十四年に一度の暗魅屍蛾の襲来で大きな損害を出し続けている。徐に至ってはついに滅んだ。

徐の滅亡は越にとっても驚愕すべき出来事であった。天を支える一本の柱が折れたのだ。不滅であると信じられていた天下四国に現実を突きつける一大事。

当時越では徐に援軍を送り、寿白王太子を救い出すべきか議論が起きた。なんといっても王后陛下の祖国で、長く友好関係にあったのだから。

だが、越にはその余力なく、大戦となることを恐れ、国境を閉ざした。武人の国ともあろうものが、戦をする自信がなかったのである。三百年の安寧は人から義も強さも奪っていた。

『私は徐に援軍を送るべきだったと思っている。庚王は始祖たる器にあらず』

それが父の意見であった。ただし、史書においては決して私情挟むべからず。それこそが潘三代の戒めなのだ。

本当に安寧だったのか？

気づいていないだけではないのか。世界は知らないことだらけで、たいていの者は小さな場所で一生を終える。生まれ育った村を離れたことがない者もいくらでもいる。女ならおおかたそうだ。実際、国は土地を捨てない者に支えられている。

朱可は西へと進む。

足は痛いけど、痛くない。その心意気だ。女だからなんだというのだ。父や祖父におくれはとらない。

街道の跡は残っている。ここから外れないようにすれば郡都小斉《しょうさい》に着くはず。

ただ問題は目の前にある山だった。

父が遺した資料によれば、たいした高さはないようだが、峡谷があるという。橋はかかっているらしいが、なんといっても何年か前の話。橋がまだあるとは言い切れない。

(でも怯《ひる》んでいる場合じゃない)

朱可は自分に学者としての才があるとは思わない。だが、決めたら曲げない意地だけはあるつもりだ。

出立にあたり周文丞相に会えなかったのが悔しい。病で臥せっているとかで門前払いされてしまったのだ。

路銀だけでも受け取りたかった。潘の跡取り娘だと言ったのに、門番に女の史述家など聞いたことがないわ、と追い払われてしまった。

おかげで家財道具も家も売り払う羽目になって、旅に出た。通貨は四国共通のものが多いので問題はないだろう。貨だけはわからないが。

「路銀を手に入れないとね」

ちゃんとあてがある。

潘朱可は度胸だけの女ではない。とにかくそこまでたどり着けば、きっと四国を廻《まわ》るだけの資金にはなるのではないか。

　そしてこの〈あて〉は史書を書く上でどれほど貴重なものになるかわからない。なにしろ、寿白王太子が残した〈秘宝〉なのだから。

　父が娘に宛てた手紙に記してあったのは、そのことだ。人に読まれてもわからないよう念入りに仕組まれた文章だった。

　本当に憐《あわ》れな王太子だ。城を脱出する前に即位したという話もあるが、定かではない。とても愛らしく聡明だったと聞く。十一ですべてを失い、逃げ続けなければならなかった。追われて追われて、小隊の数は減っていき、最後は首級を都の大広場に晒《さら》されたという。

　王族の者がここまで悲劇的な末路を辿《たど》ったというのは、天下四国の歴史にはない。徐国の悲劇は絶対に正しく記述しなければならない。庚は徐の悪政から易姓革命がおこったと広めていたが、それこそ勝者の自由にさせてはならないのだ。史書は読んだ者に本当にそうなのかという考える余地も与えるべきだ。

　歩きながら楊栄将軍にもらった干し肉を囓《かじ》る。

　たいした山じゃない。越の史跡調査でもこのくらいは父とよく登っていた。これを越えれば必ず集落があるだろう。

　庚だって田畑がなければ皆が飢える。曲がりなりにも国が存在しているのであれば村は必ずある。

今日は山で夜を明かす。庚の将校にもらった食料のおかげで助けられている。

「思えばいい男だったわ……」

清廉な武人というのはいつだって娘たちの憧れだ。

焚き火で暗魅除《よ》けの香を焚き、懐剣を手に握って朱可は横になった。こんな夜をまだまだ数百も数千もこなしていく。いつか孤独に泣いてしまうこともあるだろう。

「話し相手がいたらな」

暗魅の中には人花《じんか》というものがあって、彼らは普段動物の姿をしているが、人の形にもなれるのだという。妖しくも美しく、気に入れば人に仕えるらしい。

ほしい。可愛らしい人花が一緒に旅をしてくれたならどんなに素敵だろう。

でも、暗魅を使役できるのは相当な術師だと聞く。残念ながら朱可にはそんな能力はない。

「庚国斉郡の東にある山にて一夜を過ごす。山岳地帯の冷えは厳しいが、雪まで降らないのは助かる。遠く獣なのか暗魅なのか、鳴く声が聞こえた。火の中に暗魅除けの香を足す。この山には狼《おおかみ》がいると聞く。そちらに襲われたら守り抜ける自信はない。旅とは備えと運だ」

声に出して帳面に記した。今はまだ雑記帳のようなもの。〈天下古今〉はいつか越の都に戻ったときにしっかりまとめ上げることになる。

祖父が駕国に入り命を落とした頃、父は今までの分をまとめていた。祖父が危険すぎると父を連れて行かなかったからだ。それから数年後に父も庚で死んだ。

私は男たちのように死に急がない。長く生きなければ成し遂げられないこともある。

「したたかに、臨機応変に生き延びるのよ」

そんなことを思いながら、恐ろしげな遠吠えを聞く。獣に暗魅だけではない、こういう山には山賊もいる。出会わないことを祈るしかなかった。

越だって屍蛾襲来が近づいている。屍蛾は襲いかかってはこないけれど、毒の鱗粉《りんぷん》を振り撒きながら飛ぶ。

屍蛾は十四年周期で央湖《おうこ》周辺から発生し、群れをなし越を東へと横断していく。

子供のときのことを覚えている。あの恐ろしい日のことなら越の人間は決して忘れたりしないのだ。空を覆い尽くす巨大な蛾。夜になってもそれは続き、鱗粉は月明かりに照らされてきらめいていた。

綺麗《きれい》だと思って眺めていた朱可を母が慌てて家の中に入れた。隙間がないよう内側から目張りをして、母は娘を抱きしめて天に祈っていた。

あんなときでも父はいなかったのだから、母は朱可を守るために気を張っていただろう。すべてが通り過ぎてもすぐには外に出られない。雨が降るまでは。仲の良かった男の子も。

大勢の人が死んだという。隣のおばあさんも亡くなってしまった。

王都を直撃したという屍蛾は東の大山脈へとすべて飛んでいったようだ。雨上がりの空は美しく、何事もなかったかのよう。でも、戦のあとに匹敵するほどの大きな被害が出たのは間違いない。

自然とは攻撃の手を緩めてくれない。だからせめて大きな戦などない方がいい。この国を見て改めて思う。

それでも史述家としては戦のすべてを否定はできない。そのあたりが二律背反と言おうか、難しい感情だった。

『でも、李修妃《りしゅう》は毒婦だって先生は言っていたわ。激しい嫉妬に身を焦がしたのだと思うの』

『朱可よ。それは断定してはいけない。憶測で説明を補足するというのなら、憶測であることを記さなければならない。まして八代王の妃が嫉妬から王后に毒を盛ったなどと、誰にもわかりはしないのだから。史書は物語ではない。起きた事実を書く。無論、想像するのは読み手の自由ではあるが、読み手とはいえ自分の妄想をあたかも事実であるかのように人に語ってはならない。その先生は少々教え方を改めねばならないようだね』

父の戒めは今もよく覚えている。

なんでも劇的にしたがる小生意気な女の子の想像に歯止めをかけてくれたものだ。おかげでへそが曲がっていき、疑い深くなっていったようなもの。父は笑って想像力も謎を解く力にはなるがね、と付け足していたものだ。

家族はもういない。私には今なにもない。

ただ自分で決めた使命があるだけ。

あのとき伯母が持ってきた縁談を受けていれば、とりあえず話し相手がいて、家も暖かい布団もあったのだろうけど。

でも、潘朱可はまた地べたで眠る。恐ろしげな遠吠えを子守歌に。


朱可は朝から山道にあった。

まだ日は短く、夜明けと共に動き、日暮れ前に休む場所を確保しなければならない。それが山なら尚更《なおさら》だった。

たいした山には見えなかったけれど、登るとなかなかどうして大変だ。この国の土は越に比べて少し乾いていて、ときどき崩れて足を取られる。

寿白王太子もこの山を越えたのかもしれない。一行は越に向かったというから。逃避行の経路でもわかれば〈天下古今〉はぐっと信憑性《しんぴょう》が上がるだろう。とはいえ、当時のことを詳しく知る者などもういないのではないか。

王太子の一行はほぼ全滅だった筈。庚王はそれはそれは容赦ない追跡をしたというから。

庚王、石嵩徳《せきすうとく》は辺境の出身だったらしい。軍人の息子だったというようなことを公表しているが、それも怪しい。人は出世すると盛大に出自を偽りたくなるものらしいから。

貧しい行商人の子であったのではないかと父潘道慶は推測していた。その後、山賊同様の身となり、大衆の不満を利用し一旗揚げた。

夢枕に天の使いが立ち、「徐を滅ぼし、民を救え」とのたまったとか。もちろん、大義名分のための与太話だろう。これもよくある話だ。

石嵩徳の〈易姓革命〉でいささか不思議なのはその資金源だ。ある種の魅力があり、弁も立ったのだろう、腕っ節も良かったのかもしれない。だが、人はたいてい金に寄ってくる。武装させ、馬を揃えるのにどれほど金がかかることか。財源はいったいなんだったのか。

徐は滅んだけれど、民が救われているかは甚《はなは》だ怪しいこの国にはまだまだ波乱が残っているのではないのか、と朱可は思っている。もう期待していると言っていい。

庚王の子はまだ幼く、二代目に善政を期待するには遠すぎる。庚王の体調など知らないが、四十ほどだと聞く。まだ死にはしないだろう。建国して十年近く経っても、この辺境に実り豊かな田畑が戻ってきていないということは革命家としてはともかく、実務に問題があるとしか思えない。

天下四国の民には誇りがある。

いろいろ王の悪口を言うことはあっても、それまでの有象無象《うぞうむぞう》の国とは成り立ちが違うという自負だ。

実際、本当に天なんてものが介入したのかどうか。そのへんは建国神話ともいうべきものだ。だが、四人の始祖王がともに行動し、それぞれの国を建てたというのは多くの資料が物語っている。そこを否定すると〈天下古今〉は始まらないので、「そう言われている」という形で記述される。

ふと、足下の土が濡れているのに気付いた。最近雨が降っていないらしく、どこも乾いている。ここだけ濡れているのは獣の排泄行為のためだろうか。近くに何かいるのだとしたら気を引き締める必要がある。

だが、土は随分と濃い色に染まっていた。

「まさか、これ……？」

その場にしゃがむと朱可は人差し指で触れてみた。

「……血だ」

動物か人のものかまではわからないが、臭いからしても血に間違いなかった。

朱可は懐剣を握ると、辺りを見回す。手負いの獣がいるのかもしれない。怪我《けが》をしたとすれば、けっこうな量だ。

ぽたり、と頬に水滴が落ちてきた。雨かと思い空を見上げる。

「ひっ……！」

ようやく出た声はそれだけだった。

木の枝に人間がいた。それも上半身だけの男だ。生きている筈もない男と目が合い、朱可は腰を抜かした。そのままなんとかあとずさる。

腕が枝に引っかかっていたのだろうが、重みに耐えかねたか、男の上半身がどさりと下に落ちてきた。あとずさらなかったら直撃を喰らっていたところだ。

(なに……なんなの)

恐怖でわけがわからない。

山賊が暗魅にでも襲われたのだろうか。あまりに凄惨な亡骸《なきがら》に耐えきれず、朱可は吐きそうになった。

逃げなきゃ――どうやらとんでもない山だったらしい。

這いつくばってその場を離れる。庚は恐ろしい国だ。ああもう越に帰りたい。伯母さんごめんなさい、やっぱり縁談ください、混乱した頭でそんなことを考えながらなんとか立ち上がると、もつれる足で歩き出した。

もはや半泣きであったが、少しでもここから離れなければならない。

だが、すぐに何かにつまずき、朱可は派手に転んだ。

朱可がつまずいたのは人の下半身であった。さきほどの死体の残りだろう。まだ新しい切断面はぬらぬらと光沢を帯びて輝き、近くには臓物らしきものも落ちていた。

もう何も考えられない。それでも朱可は死体の下敷きになっていた巾着を摑《つか》んだ。金が入っているのを手触りで確信すると懐にいれた。死者に金は必要ない。生者たる潘朱可には路銀がいる。そこはもう開き直れた。

四つん這いになって朱可は逃げた。

とにかくこの山には大の男を真っ二つにするような怪物がいるということ。暗魅でも獣でも人でも、そんなものは朱可からしたら怪物だ。

胸がばくばくする。気合いを入れて走り出した。一刻も早くこの山を抜けなければならない。

こんなことでくじけていたら、四国一周など遠い夢。ここは父を殺した庚なのだ。祖父を殺した駕にだって行かなきゃいけない。

(ああ、天よ。助けて)

信じてもいないのに都合良く祈る。

徐では天令《てんれい》の目撃例が多いと聞く。崇高なる天の使い、美しい銀色の髪の少年か少女。この憐れな女を守ってはくれないものだろうか。

走り疲れても、朱可は歯噛《はが》みして歩き続けた。どのくらいたったのか、日は正中を過ぎている。

うまく呼吸もできないほど口の中が渇いていた。一度、立ち止まり朱可は腰に下げた竹筒を外す。

「あれ？」

水を飲もうとして、すっかり残り少なくなったことに気付いた。沢で水を汲まなければならない。幸いなことに渓谷の下を川が流れている。どうやら濁ってはいない。あそこで一休みするとしよう。

朱可はそろそろと下りていく。

冬の太陽は低く、ともすれば目に入る。少しばかりきつい傾斜だ。不安定な足場を痛む足の指で踏ん張った。

ちょうどよく背丈ほどの木があり、朱可は思わずその枝を掴んだ。次の瞬間には体が傾く。人一人支えられる木ではなかったらしい。

やはり本当に恐ろしいと人間悲鳴も上げられないものらしい。体が宙に浮かび、そのまま落下していく。

家族が見えた。飼っていた猫も見えた。出来上がっていない〈天下古今〉も。これが今際《いまわ》の際の走馬灯だとわかる。

（こんなところで死ぬなんて）

覚悟はしてきたけれど早すぎる。

最期に見たものは鳥だろうか。青い空に大きな翼が影になって見えた。

四

舐めないでよ。

あんたの舌、痛いんだから。

でも、起こしてくれてありがとう。私の可愛いにゃんこ。朝目蓋を開くと、いつも大きな目をした白い猫の顔があるのだ。

（おはよう……早く起きてお母さんを手伝わなきゃ）

ところが目の前にいたのは、それはそれは可愛らしい女の子だった。

「生きてたか」

見ず知らずの綺麗な女の子がそっけなく声をかけてきた。私に訊《き》いているらしい。

まだ寝ぼけているのかと朱可は努めて冷静になろうとした。

「えっと……私は朱可だけど、あなたは？」

「宇春《うしゅん》だ」

「私、猫に顔を舐められたような気がしてた」

「舐めてはいない。おまえの顔に薬を塗ってやっただけだ」

おそるおそる顔を触ってみた。なにやら傷があるようだ。このせいで痛かったらしい。ついでに手も痛いことに気付く。

「私は怪我をしたの？」

背中が痛くて体を起こすこともできない。

「打撲と擦り傷だけだそうだ」

その答えにほっとする。

「ありがとう……山で落ちたのはなんとなく覚えている」

そうだ。足が痛くて、陽光が眩《まぶ》しくて、しまいには掴んだ木が引っこ抜けたのだ。

瞬時にいろんなものを見た。

最後に見たのはもしや翼仙《よくせん》だったのではないだろうか。思い出すと、鳥にしては手足があった。

「人はとろくさいからよく落ちる」

随分変わった話し方をする少女だった。

「ね、顔の傷、ひどい？」

一応若い女なのでそこは気になる。

「裏雲《りうん》の薬はよく効くから治る」

「裏雲？」

「裏雲が谷底に落ちていたおまえを助けたのだ」

ああ、そういうことなのか。朱可は自分の運の強さにちょっと感動した。走馬灯はまだまだ早い。

「で、その方はどちらに」

「そのうち戻ってくる」

それならそのときにお礼を言おう。

もしやその裏雲とやらは翼仙なのだろうか。白翼仙とは空を自由に飛び回る知の聖者。めったに見られるものではない。それが自分を助けてくれたのかと思うと胸が熱くなる。

天下四国の誰しもが無条件で尊敬する。それが白翼仙なのである。この宇春という少女は翼仙の弟子なのだろうか。それならこの浮世離れした雰囲気もわかる。

「看病してくれてたのね。ありがとう、宇春ちゃん」

「ちゃんはいらない」

「あ……失礼しました」

子供に見えてもそこは誇り高き翼仙の弟子なのだろう。

「白湯《さゆ》を飲むか。何か食うか。鼠《ねずみ》で良ければ――」

「白湯ください」

きっと冗談だと思うが、鼠の丸焼きが出てきても困るので白湯を頼んだ。

宇春に手伝ってもらってなんとか体を起こす。ぎしぎしと骨がきしむようだ。でもこのくらいで済んだのは幸いだった。ゆっくりと白湯を飲み、ほっとするとまた体を横たえた。

「ああ、美味しい。ね、ここはどこ？」

掘っ立て小屋に近いようだが、ちゃんと寝台と寝具があるのだから人の住まいなのだろう。

「徐だ」

「国単位じゃなくて。それに今は庚でしょ」

「徐だ。裏雲はそう言っている」

おや。朱可は片眉を上げた。

どうやら彼女の主人たる裏雲は庚がお気に召さないらしい。それもそうだろう。翼は天から授かるもの。その天が選んだ国は蔡仲均が打ち立てた徐なのだから。

庚は天下四国とは言えない——そう考えていても不思議ではない。

俄然《がぜん》裏雲という人物に興味が湧いてきた。そうだ、翼仙といえど人なのだから好き嫌いも感情もある筈。ただ彼らは俗世のことに関わらないが。

「あなたはどう思うの？」

「わたしにはどうでもいい。人の世の名など」

いよいよ不思議な子だ。

「でも、人には言わない方がいいよ。ほら、人の世は面倒くさいから」

「気をつける」

素直でもある。こんな可愛い子に看病されるなら怪我の一つや二つどうってことない。朱可は昔から猫と可愛い女の子が大好きだった。話し方は子供らしくないが、声もまた子猫のように愛らしい。

「帰ってきた」

宇春が顔を上げる。この無表情な子が目を輝かせたように見えた。ただ、朱可には何も聞こえない。

宇春は戸を開けると、外に出た。

「待っていた」

「悪いな。あれはまだ寝ているか」

「落ちていた女なら目が覚めている」

なんという会話だろう。人のことをあれだの落ちていた女だの。声の感じからして裏雲というのは予想より若いようだ。

とはいえ、恩人は恩人。

小屋に男が入って来た。やはり若い男で、おそらく朱可と歳はさほど変わらないだろう。だが、なにより驚いたのはその麗《うるわ》しい姿形であった。

「体はまだ痛むだろう、動かなくていい」

「潘朱可と申します。このたびは助けていただき感謝しています」

横になったまま礼を言った。

「渓谷で倒れていたから死体かと思ったが……仕方ない、これも縁だろう」

裏雲は小さく吐息を漏らした。望まぬ縁だったのかもしれない。

それにしても浮世離れした見目だ。身につけた装束も地味だが高価な代物だろう。白翼仙ともなると美しさも条件になるものなのか。腰には細身の剣を下げているが、翼仙が武具を身につけるものかどうかは知らなかった。

「失礼ですが、白翼仙様なのでしょうか」

「私が？」

「意識を失う前、空に浮かぶ翼の者が見えました。ですから……」

裏雲は何が可笑《おか》しかったのか、鼻で笑った。

「残念だが、私は白翼仙ではない」

ではあれはやはり鳥だったのか。それとも山から落っこちた女が見た幻だったのか。考えてみれば、白翼仙とは才覚と人品だけではなく、充分に修行を積んだ者。この若さでそこまで至るのはまず不可能だ。

「それでは私をかついで運んでくれたのですね。ありがとうございます、私はどのくらい寝てたんでしょうか」

「昨日見つけた。腹は減っているか」

はいと素直に肯いた。白湯だけではとても足りない。

「食べると良い」

そう言って裏雲がくれたのは瑞々《みずみず》しい果実だった。林檎《りんご》に似ているが、南の国でも実るものだろうか。

「冬の徐国でしか穫れないものだ。あとは宇春が芋を蒸《ふ》かしてくれる」

裏雲は宇春に芋を渡した。この人は食料を持ってきてくれたのだろうか。

「なんとお礼を申し上げていいか……あの、私、山で亡骸を見つけたんです。男がまっ二つになっていて……気が動転して」

「……山賊だろう。気にするな」

「そうなんでしょうか、仲間割れ？　ああ、もう怖かった」

思い出すだけで震えが走る。裏雲も宇春も怯《おび》えた様子もなかった。よくあることなのだろうか。

「女一人で山越えとは無謀だな」

「事情があるんです」

天下四国の宝となる本を作るという事情だとは言えないが。

「あなたは史家か」

体が痛くなかったら飛び上がっていたかもしれない。

「悪いが悪党は助けたくなかった。持ち物を少し調べさせてもらった」

帳面を見られたということだ。やつし字でも読めたのだろうか。

「それで合格して私はここにいるの？」

少しばかり嫌味も言いたくなる。あれは史述というより日記に近い。文句を言うのは間違っているとわかるのだけど。

「汚くてあまり読めなかったが、艱難辛苦《かんなんしんく》を乗り越えて、我こそは潘家三代目、潘朱可。越が誇る天下四国随一の史述家。と、鼻息荒く書かれていたのはわかった」

顔から火が噴きそうだった。

「あれは自分を鼓舞したくて――」

「そうであろうな。他国からの密入国を女一人でやり遂げたのなら、よほどの愚か者か、後世に名を残す逸材《いつざい》か」

「後者だと理解できるまで長生きしてよね」

命の恩人なのだが、朱可の中ですっかりむかつく男という扱いになっていた。見目麗しいのも怪しい。だいたい顔のいい男にろくなものはいない。

「悪いがその要望には応えられそうにない。私の要望を聞いてくれるかな」

「……どんな？」

今すぐ出て行けと言われたらどうしようかと朱可は身構えた。

「この国に来て歴史として記述を残すというなら、正しいものをお願いしたい」

「潘家の信条は歴史に私情を挟むべからず。でも、正しいものってたぶん人によって違う。あなたの正義とはずれるかもしれない」

この男は庚をよく思っていないのだろう。それが正しいかどうかは私が見極めることだ。たとえ恩人でも朱可はそこを曲げる気はない。

「それでいい。見たものを書けばいい。期待している」

「歩けるまでここで休んでいていいの？」

「もちろんだ。なんならしばらく宇春をつけよう。この子は強く、誰よりも役にたつ。私は仕事があるのでときどき様子を見に来るくらいになるだろうが、いつでも自由に旅立てばいい」

随分と親切なことを言われ、朱可は面食らった。この男の真意はわからないが、可愛い宇春と一緒にいられるのは嬉しかった。もっとも宇春は不服なようだ。

「またわたしを置いていくのか」

「向こうの方が気になってね、仕上げが待っている。宇春はこの落ちていた女をよろしく頼む」

その言い方はどうにかならないのかと思ったが、ここは我慢。実際、ほっとして疲れがどっと出てきたようだ。また目蓋が重くなる。芋が蒸かされるまでもう少し眠りたかった。

「落ちていた女に芋を蒸かして食わせればいいのか」

「そうしてやってくれ。なんでも後世に名を残す女らしい」

なんというふざけた会話だろう。ムカムカしても耐えるしかない。どのみち満足に体を動かすこともできないのだから。

「わかった、そうする」

「では、一度魔窟に戻る」

裏雲は外に出たようだ。馬でもいるのだろう。魔窟とはなんのことか。

なにやら外から鳥の羽ばたきのような音が聞こえたが、朱可はそれ以上考えずに軽く眠りについた。

第二章

一

庚《こう》王宮に品がないと感じるのは私の主観ばかりではあるまい、と裏雲《りうん》は思う。

そもそも主人に美意識というものがないのだから、仕えている者たちから庭の雑草に至るまで品がない。

城に押し寄せた逆賊は専属庭師から街造りの官吏まで殺してしまった。替えのきかない玄人がどれほど尊いものか理解できないのだ。地脈の知識すらない。

排水処理もうまくいっていないらしく、都全体が妙に臭い。下卑《げび》た馬鹿者が国を盗《と》るとこうなる。

後宮の一角に与えられた自分の部屋に戻ると、寝台の上で蛇がとぐろを巻いて眠っていた。

灰色の蛇は光の加減で白くも黒くも見える。薄暗い室内では光沢を帯びた黒い蛇に見えた。こんなものが寝台で眠っていたら男でも悲鳴をあげそうだが、裏雲はうっすらと微笑《ほほえ》んだ。

「月帰《げつき》、自分の部屋で休まないのか」

蛇は鎌首をもたげ、裏雲を見上げた。

寝具の中に潜り込むと、すぐに人の形の膨《ふく》らみが現れた。肩をはだけた妖艶な女が笑って寝具をはいだ。

「蛇の姿を見られたら困るでしょ。侍女もいるから気が抜けないのよ。それにあんなとこ白粉《おしろい》臭くて嫌になるわ」

月帰の美貌は見る者を捉え、不安を与えてくる。関わっては危険だと本能が発しても抗《あらが》えない女だ。

蛇の人花《じんか》——その身に毒を蓄え、触れる者を殺す。

裏雲が使役するこの暗魅《あんみ》には誰よりも重要な仕事をお願いしている。庚王に最悪の死をもたらすには、月帰ほどの適任はいない。

「白粉は嫌いか」

「面倒くさいことばかりよ、あそこは。呆《あき》れるわ」

月帰は話しかけられても適当にかわしている。たいていの者は月帰に一睨《にら》みされると畏《おそ》れをなす。気ままな暗魅に人付き合いなど無理なこと。

「だろうな。すまない」

「すべてはあなたのためよ、裏雲」

ふふ、と美女は微笑む。

「月帰は私の牙だ」

「思い切り嚙《か》んであげたい。その首筋を。私だって綺麗《きれい》なものを嚙みたいのよ」

月帰はあられもない格好で裏雲の首に両手を回した。

「その気持ちはわかる」

多少の耐性はあるものの、嚙まれるわけにはいかないのでそこは我慢してもらう。月帰の毒はすべてあの男に注がれなくてはならない。

「だが、王の寵姫《ちょうき》が宦官《かんがん》の部屋に入り浸るのはいかにもまずい」

「ここに来ているのは蛇よ」

裏雲に向ける笑顔は幼女のように無邪気にも見えた。人花はこうと決めた主人には損得勘定にとらわれず、よく尽くしてくれる。切るときはあっさりしたものだが。

「あの男の様子は？」

「死にそう」

「それはいい。だが、もう少し長く苦しめてくれるか。庚が滅ぶ様を是非見せたい者がいる」

「お望みのままに」

女は蛇に戻ると、床を這《は》って茶簞笥《ちゃだんす》の裏に消えた。

この部屋の床には猫も通れるほどの穴が空いていて、暗魅たちは自在にそこを出入りできる。絨毯《じゅうたん》に隠れているため見つかることもない。

(……ふう)

ひとっ飛びしてきた裏雲は少しばかり疲れて寝台に腰をおろした。

変なものを拾ったせいで、戻るのが遅れてしまった。今日中に丞相《じょうしょう》の元に顔を出さなければならないだろう。

持っていた剣を一度鞘《さや》から抜いてみた。

血曇りなどあってはならない。宦官裏雲の剣はあくまで装飾品として認められているのだ。改められることなどもちろんないが、それでも常に身は綺麗にしておきたい。返り血を浴びてしまった装束は捨ててきた。

もっと穏便《おんびん》に殺した方がいいのだろうが、なかなかそうもいかない。城内ならともかく、人っ子一人いない筈《はず》の山の中だ。誰に遠慮がいるものか。

裏雲は剣を一閃《いっせん》させ、男を両断した。

徐《じょ》ではそれなりの地位があった軍人だったが、城内の図面や情報を敵に売った男だ。逆賊どもは金で多くの者を寝返らせた。

裏雲はそうした連中を始末してきた。城にいる者には毒、野に放たれた者には剣をもって。

庚王は死ぬ。

その死と同時に庚は滅びなければならない。

無論、すべては復讐《ふくしゅう》なのだ。美辞麗句で誤魔化《ごまか》したところで、結局は完全なる私怨。裏雲は奴《やつ》らを殺し、庚をこの世から消し去るためにだけ生きている。その先のことなどどうでも良かった。

裏雲もまた遠からず死ぬ。そうした業を背負ってしまった。

何をしたところで殿下は戻ってこない。徐も消え失せた。それでも裏雲は庚王も、その仲間も許す気はない。

(民に対しても慈悲はない)

剣を綺麗に拭き、その刃に映ったおのれの顔を見つめた。

これは人ではない。黒い瞳は央湖《おうこ》のようだ。何も語らず、何も映さない。感情はある筈だ。だから復讐している。今も殿下を想うと胸が苦しい。

男を辺境の山まで追い詰め、殺した直後に倒れている女を見つけてしまった。

血で濡れた姿で下りていき、どうしたものか考えた。見ず知らずの女などどうでもいい。今更善人ぶる気もない。

だが、放っておけば死ぬしかない無力な女にかつてのおのれを見た。

徐の最後の王たる寿白《じゆはく》の影武者となり、逃げ続けた。寿白が少しでも遠くに逃げられるよう、越《えつ》に匿《かくま》われるよう。そのためにあえて目立ちながら逃げたものだ。

『我こそは寿白。徐の王』

大見得《おおみえ》をきって叫んだ。

斬られて渓谷へと落ちた少年は大きな怪我《けが》を負いながら生きながらえた。助けてくれた者がいたから。

それが白翼仙《はくよくせん》だった。

白翼仙とはいわば知の聖者。修行を重ね、天が徳と才を認め、白い翼を授けた者である。

空を行く私も、あの女には白翼仙に見えたのだろう。期待を裏切って申し訳ないようなものだ。よもや黒い翼の方とは思いもしなかったに違いない。

結局裏雲は女を拾った。

血で汚れた手で女を抱き上げ、小屋へと運んだ。容赦なく惨殺した直後に人助けとは笑える。

潘朱可《はんしゆか》とは史述家らしい。

若い女が一人で国を越えてくるとは見上げた根性だ。なにしろ、庚は他から憧れられるような国でもない。よそから見れば、術師への弾圧が続き、荒《すさ》みきっている国だろう。

ここにこうしていると、裏雲は子供の頃のことを思い出す。徐の将軍の子として生まれ、王太子とともに育った。ともに素晴らしい国にする筈だった徐は滅んだ。

「殿下……目的を果たし、いずれそちらに参ります」

愛《いと》しい人はもういない。

これは余生。ならばやりたいことをやるだけだ。

裏雲は少し横になり、目を閉じた。うとうとすれば目蓋《まぶた》の裏に浮かぶのは殿下ばかり。

『悧諒《りりょう》、助けて』

そう言っているかのような顔をしてこちらを見ているのだ。

何故《なぜ》私は手放してしまったのだろう。影武者ではなく共に逃げていれば、せめて一緒に死ぬことができた。

人生とは悔やむことばかりだ。まるで復讐のために生まれてきたかのように。

「……殿下」

横になったまま手を伸ばした。決して手に入らない。この手は血に塗《まみ》れて、もはやその資格もないのだろうけれど。

焦がれて焦がれて、どうにかなりそうだった。

丞相のもとにもいかねばなるまい。利用価値のある男だから、まだ死なせはしない。地位を守ることに汲々《きゅうきゅう》とする者ほど操りやすい。

半刻《はんとき》ほどもたっただろうか、扉の前で鐘の音がした。誰かが訪ねてきたらしい。無作法に扉を叩《たた》かないところを見ると、下の者か。

「裏雲様、いらっしゃいますか」

少年宦官の声がした。もっとも去勢した男はたいてい声も高くなるので、区別はしづらい。

「どうした」

「後宮の方で問題がおきまして。王后《おうごう》陛下が助けていただきたいとのことです」

少し羽を休ませたかったが、そうもいかないらしい。

後宮には数多《あまた》の女たちがいる。妃たちとそれに仕える女官たち、さらに下働きの女まで。こんなに必要はない筈だが、王が集めに集めた。おかげで後宮は過密になり、いらぬ揉《も》め事《ごと》が毎日のようにおきる。

襟元《えりもと》を直し剣をしまうと、裏雲は扉を開けた。頬の赤い少年宦官が困った顔で立っていた。初めて見る顔だった。

「新入りか」

「はい、健峰《けんぽう》と申す新参者にございます」

女たち以上に宦官は数が多い。庶民が出世するには他に道はない。貧しい庚がこれほどの役人を養えば、ますます財政は苦しくなる。それも庚が倒れる一因になるというなら裏雲がとやかく言うことはない。

「頑張りなさい。ところで問題とは何かな」

「あの……どなたかの腕飾りがなくなったとのことで、犯人捜しが始まってしまったのです。その……月才人《げっさいじん》のお付きの女官が疑われていまして」

よりによって月帰に仕えている女とは。

なんとかしないわけにもいかないだろう。今、最も王に愛されている妃だけに敵も増えたようだ。

月帰は暗魅。人の諍《いさか》いなどには関わりたくもない筈。この部屋から戻ったばかりで巻き込まれ、さぞやうんざりしていることだろう。面倒なことになれば、さっさと蛇に戻って去ってしまうかもしれない。いや、下手をすれば蛇の本性が出てしまうおそれもある。

「王后陛下が今は宥《なだ》めておられますが、被害を訴えている方がたいへんな剣幕なのです。このままでは大事に」

おそらく王后陛下は穏便に解決したいだろう。だからこそ、裏雲を呼んだ。盗んだと決まれば死罪か、良くて腕を切り落とされる。月帰も監督不行き届きということになり責められる。彼女は大人しく「申し訳ありません」などと言ってくれるような暗魅ではない。

「行きましょう」

こういった諍いから月帰を守らなければならない。

二

朝晩こそひんやりとしているが、日中は暖かで良い国だ。

それだけにこの国の荒廃ぶりが朱可にはなんとも残念に思えた。窓から見えるのはほとんど木々ばかりだが、外の空気は気持ちがいい。

どうやら山の西側の麓にいるらしい。もともとは木こりの小屋だったようで、裏雲がそれを借り受けているのだという。

「動けるのか」

宇春《うしゅん》は背後から音もなく近づいてくる。

「歩けるよ。宇春のおかげ、ありがとね」

振り返ると可愛《かわい》い女の子がいる。宇春を見ているだけで得した気分だった。この凜々《りり》しい大きな目はまるで猫のよう。

「人にしては治るのが早い」

「若いからね。明日にでもここを出るわ。休んでいられない」

袖をまくり腕を曲げ、力こぶを作ってみせた。

「朱可は蒸《ふ》かした芋を食うか」

どうも宇春ができる料理はそれだけらしく、朱可は芋と果実だけを食べていた。だが、そんなことよりちゃんと名前を呼んでくれたことがなにより嬉しい。昨日まで〈落ちていた女〉と呼ばれていたのだ。根気強く朱可という名を教え続け、〈落ちていた女〉は長すぎて呼びづらいから、朱可の方が絶対いいと力説した成果だった。

「大丈夫、今日から私が作るよ。肉か魚はないよね」

「山鼠《やまね》なら獲《と》ってくる」

「いやあの……鳥肉の方がいいかな」

この子は狩猟でもできるのだろうか。

「鳥はだいたい飛んでいるからちょっと難しい」

「そうだよね。じゃ、裏雲が持ってきてくれた豆でもいいか」

朱可は小さな流しに立った。鼠《ねずみ》だけはなんとしても阻止しておきたい。

「ねえ、一緒に食べようよ」

「わたしは山で食べてきた」

「そう……」

やはり何か地仙《ちせん》の修行でもしているのだろうか。それにしても気になるのはあの男との関係だ。

「裏雲って何してる人？」

「女の機嫌をとり、喧嘩《けんか》しないように場を回す。それにいろんな者を始末する」

物を始末とはなんのことだろうか。それにしても、どうやら気苦労の多い仕事をしているらしい。

「兄妹じゃないんだよね？」

「違う」

「家族じゃない？」

「わたしは家族というようなものだと思っている」

つまり家族ではないのだろう。

「でも、こんなとこから職場に行くって大変じゃないの。まだ町は遠いんでしょ」

「裏雲ならだいたいひとっ飛びだ」

翼仙じゃないなら飛びはしないだろうから、やはりいい馬を持っているのか。宇春

は問いかけには答えてくれるが、それ以上のことは言わない。隠しているというよ
り、本当にこういう性質なのだろう。
あまり根掘り葉掘り訊《き》くのも失礼だろうと、朱可はそのへんで質問をやめた。
「知ってるよね、私は越から来たの。あ、ここだけの話ね。天下四国《てんげしこく》の歴史をまとめ
るために旅してる」
「歴史って昔話か」
「別に民話を集めているわけじゃないわよ。昔があるから今がある。その流れを本に
するの」
「面白いのか」
子供の頃、朱可もそう思っていたことがあった。何が面白くて父も祖父も家を留守
にしているのかと。
「同じ過ちをしないように記しておかなきゃならない。たとえば何があって徐は滅ん
だのかってね」
「ああ、失敗を記録しておくのか」
はて？　要するにそういうことなのだろうか。宇春と話していると、軽く真実を突
かれたような気がしてくる。
「あ、うん、いや、成功だって記録するよ」

「成功とはなんだ」

また難しいことを訊いてくる。

「成功はこれからなのかも。成功を見てみたいね。私と父と祖父が書いた本が成功の道しるべになってくれれば嬉しい」

「庚が潰れて、また徐になればいいのか」

「でも、徐の王家は誰も残ってないんでしょう」

天下四国において大切なことは始祖王の血だと祖父はよく言っていた。だからこそ、求心力がある。庚が天下四国として隣国からあまり認められていないのはそういうことだ。これが王族同士の争いだったならまた別だろうが。王家の血が軽んじられるということはどの国にも不利益でしかない。

「わからない。それは大事なのか」

「天下四国の秩序という点においては血統は大事。遠い未来のことは知らないけど」

「わたしは裏雲が幸せならそれでいい」

「裏雲はどうなれば幸せなの」

すると宇春は悲しげにうつむいた。

「幸せにはならない」

この子は本当に裏雲が好きなのだ。主従にしては緩いし、身内でもないならどういう関係なのか。

豆を茹《ゆ》でていた鍋がふきこぼれそうになって、朱可は慌てて流しに戻った。

「ねえ、宇春はどうして――」

問い掛けて振り返ると、宇春は部屋にはいなかった。

「猫……？」

寝具の上で小猫が一匹丸くなっていた。

「いつのまに出ていったんだろ」

まったく音もなく出入りする。部屋に入ってきていた猫はどことなく宇春に似ていた。

夜になっても宇春は戻ってこなかった。

代わりに猫がいる。野生の猫とは思えないほど美しい毛並みをして、女王様のようにずっと眠っていた。

あんな言動だけれど宇春は少女だ。こんなところで一人でどうしていることやら。心配でならなかった。

朱可は不安になって外に出た。

「へえ」

圧倒的な星空にちょっと感激して見つめてしまった。そういえばしばらく夜空を見上げたことなどない。そんな余裕もなかった。

人がいないと、空はこんなに輝くのだろう。だが、人がいなければそれを観賞するものもいない。

声を上げてみた。

「宇春、どこ」

正直目立つことはしたくない。なんといっても許可もなく国境を越えてきた咎人《とがにん》だ。それでも、宇春を放ってはおけない。

獣に暗魅だけじゃない。この山には人を一刀両断する何者かもいる。あれほど世話になった宇春の身に何か起きていたらどうすればいいのか。朱可は意を決して山に入った。

真っ暗な中、月明かりを頼りに進む。懸命に少女の名を呼ぶが、応えはなかった。

夜の山は沈黙すらも恐ろしい。

随分と怖いところを越えてこようとしていたのだと改めて思う。迂回《うかい》すべきだったのかもしれない。

「宇春……いないの」

もしかしたら戻っているかもしれない。あの子が簡単に迷うなどあるわけがないのだ。常識的に考えて、このまま進めば朱可が遭難する。

戻っていなかったら朝一番で捜しに行くしかない。

下山を決め、踵《きびす》を返した。足下が見えず、下りはもっと慎重になる。が、何かに躓《つまず》き朱可はその場に転んだ。もしやまた死体ではあるまいかと、恐る恐る確認する。幸いなことにむき出した木の根だった。

怪我もしていない。安堵《あんど》して立ち上がろうとしたとき、突然何かが飛び出してきた。朱可に襲いかかる。

獣のようだが、暗くてなんなのかはわからない。ぷぎゅっという声が聞こえたような気がしたが、暗魅なのか。朱可は必死になって抗った。噛まれないよう、手で前足を掴《つか》む。

腕も疲れ、かなり絶望的な気分になっていたとき、別の影が現れた。朱可の上に乗っていた獣を突き飛ばした。

うなり声が上がると、襲ってきた獣は逃げ去ったようだ。こんどはもっと強い獣と戦わなければならないのだろうか。恐怖で目をぎゅっと閉じてしまっていた。立ち上がり身構えようと思ったが、すぐには動けない。

「どうしてこんなところにいる」

宇春の声がした。

小動物だと思っていたが、宇春が助けにきてくれたのだろうか。

「宇春、良かった。無事だったんだ」

思わず抱きついていた。暖かな温《ぬく》もりにほっとする。

「捜しに来たのはわたしだ」

宇春は意味がわからないと言いたいようだ。

「だって私は宇春を捜しにきたんだよ。ずっといなかったから」

「わたしはずっと朱可といた」

なんだろう、この会話は。ちっとも嚙み合わない。もともと宇春は変わった子ではあるようだけど。

「なのにいなくなってこっちが捜しに来たら、うり坊なんかと遊んでいた」

「あれ、猪《いのしし》の子供だったの？　わかんなかったから何かと思った。怖かったよ。待って、でも、宇春が小屋からいなくなって、あとは猫が寝てただけだったよ」

小さな小屋に人が隠れるような場所はない。

「……戻ろう。夜の山は人には危険だ」

宇春に手を引かれ、歩き出す。この子にはまるで夜の山道が見えているかのようだった。

「帰ったら教える」

小さな声がした。

翌日は朝から晴天だった。

おそらく、浮かれ気分のせいでいつもより空が青く見えるのだろう。興奮してよく眠れなかったが、それすらも楽しい。

「怖くないのか」

宇春が不思議そうに見つめていた。

「何が？　ほら、あれ村じゃないかな、今度は人も住んでるよね」

もう廃墟はたくさんだった。

「わたしは暗魅だ」

「すごいよね、人花なんでしょ。夢みたい。宇春が小猫なんて。もう最高。私ってどれほど運がいいんだろう」

西へ向かう脚が弾んでいた。昨夜打ち明けられてから、もう夢見心地だ。人が猫に、猫が人に変わるところも見た。

「人は暗魅を怖がる」

宇春としてはそれが心配だったようだ。今まで裏雲にしか見せたことがないらしい。裏雲からも見せないよう言われていただろう。

「裏雲だって怖がってないでしょ」

「裏雲は別だ。わたしは裏雲の猫だ」

使役されている暗魅ということだろうか。それにしては気さくな関係に見えた。

「私の友達になってよ」

「人とそういうことにはならない」

わからないが、暗魅の掟《おきて》なのかもしれない。

「裏雲以外の人と親しくなっちゃ駄目？」

「駄目ではない」

その答えに大いに満足した。細かいことは抜きに、宇春といられることが楽しかった。なんといっても可愛い少女で可愛い猫なのだ。これに勝る存在があるだろうか。

「良かった。裏雲は暗魅遣いの術師なの？　随分と人間関係で気苦労の絶えない仕事してるみたいだったのに」

「なんでもできる。裏雲は特別なのだ」

崇拝しているかのようだ。そのくらいでなければ、暗魅が人に仕えるなんてことはないのかもしれない。

「もう旅立って良かったの？　ついてきてくれたのは嬉しいけど、裏雲と離ればなれにならない？」

「裏雲ならわたしの居場所くらいわかる。月帰よりも長く一緒にいる」

「月帰？」

「裏雲についているもう一人の暗魅だ」

暗魅を使役している者など初めて会った、それも二体。まったくあの男は何者なのだろう。

「すごいんだね、裏雲は」

「そうだ」

いけ好かないところはあるが、宇春がそう言うならそうなのだろう。

ようやく行き交う人が見えてくる。集落というより小さい町といった方が良さそうだった。

「良かった、野宿しなくて済みそう」

朝から歩いた甲斐《かい》があった。

人の営みとはやっぱり良いものだ。

三

「驚きました、裏雲様。あの騒ぎをどうやって収めたのですか」

健峰は心底感心していた。

昨日、後宮で起きた盗難騒ぎは今日になってすっかりと収まっていたのだ。裏雲が関係者数名と話し、盗難ではなく紛失、しかも消えた腕飾りも見つけていた。誰も悪くないということになり、後宮ではその話がされていない。

ただ、盗まれたと訴えていた妃、社美人《しゃびじん》についていた女官が一人、病のためということで夜のうちに後宮を退いていた。

顚末《てんまつ》は誰にでもだいたい想像がつくが、表向き落ち着きを取り戻したのだった。

「たいしたことはない。社美人は面目を潰されたと女官を殴り殺しそうな勢いだったが、穏便におさめていただいた」

肩を寄せ、耳元に唇を触れるほど近づけ、ただこう言うだけでいい。

『あなたほど美しい人が名を傷つけるのは忍びない。王后陛下と月才人は私が納得させますから、ここは堪《こら》えていただけませんか』

『でも、容《よう》才人はここぞとばかりにことさら馬鹿にするわ』

対立する妃の名を挙げ、目に涙を浮かべた。艶《あで》やかな女は恥辱が耐えられない、と赤い唇を震わせていた。

『あちらにも話をつけておきます。このことはなかったことに。いいですね』

『本当に。ああ、裏雲様。なんて頼もしいのかしら。あなたは王后陛下のお気に入りだから、わたくしには冷たいのかと』

社美人がぎゅっと手を握りしめてきた。

『後宮を守るのが私の務めです』

『伯父上のおっしゃるとおり、あなたは本当に頼りになる』

社美人は丞相呉豊《ごほう》の妻の姪《めい》にあたる。丞相は懸命に王に義理の姪を売り込んだようだが、こればかりは王の好み。うまくはいかなかったようだ。

王は月帰に夢中。他の女を寄せ付けない。

『丞相閣下はお忙しいご様子』

『ここだけの話、捜し物に忙しいのよ。ずっと玉《ぎょく》が見つかってないんでしょ――ああ、やっぱりそうなのね。わたくし、朱雀《すざく》玉が見たいわ。どんなに美しいでしょう』

社美人にとっては大きな宝石という位置づけであったようだ。それ以上のことは考えていない。どれほど大切なものであるかも。

『お茶でも飲んで、おやすみなさい』

『容才人たちのことよろしくね』

もう楽なものだった。

月帰はこんな争いには最初から興味がない。欠伸《あくび》を堪えるのに苦労したようだ。王后は後宮の頂点として諍いは避けたい、それだけのこと。

容才人には外で手に入れた肩掛けを贈り、念入りに機嫌をとっておいた。

『忘れてさしあげなさい。あなたの器の大きさが社美人にも伝わることでしょう。ところでこれはお似合いになるかとほんの手土産』

こうして他の女たちにも根回しをして、後宮から消えた女官は初めからいなかったかのように、そんな事件などまったくなかったかのように片付いていた。

王は具合が悪く、たまに呼ぶのも月帰だけ。閉じ込められている女たちには捌《は》け口《ぐち》がない。苛々《いらいら》するのも無理からぬこと。女同士では解決できないこともあるのだ。

なかなか骨が折れたが、後宮を預かる宦官としてはできることをした。この仕事をするのもそう長くはない。

「妃の方々も裏雲様にだけは一目置かれます。私もそのように信頼されたい、何かご教授願えませんか」

健峰は真摯な眼差《まなざ》しを向けてきた。

「誠実に対応すればいい」

「何か秘策があるのでは」

「それより用があったのではないか」

可愛らしい少年だが、興味はない。

「はい、孫《そん》将軍の部隊が坤《こん》郡へ遠征なさるとのこと。そのための見積もりが不十分だったようで、少々混乱しています。財務官吏から手伝ってもらえないかと」

後宮以外のことまでこうやって援軍を求められる。

徐の腕利き官吏や宦官は殺されてしまった。庚の役人は経験の浅い者が多く、何をしても未熟な部分が見える。

「是非もない。参る」

「良かった。裏雲様がいらしてくだされば皆様どんなに心強いか」

「しかし、孫将軍はどういう任務で赴《おもむ》かれるのかな。それによっても、費用は違ってくる」

孫江亥《こうがい》は七人の雑号《ざつごう》将軍の一人。今最も王に信頼されている存在だろう。

(私にとっても因縁の相手である)

向こうは知らないだろうが。

「巡回警備とのことです」

「各郡には駐留軍がいて辺境の国境警備には楊栄《ようえい》将軍らがご活躍と聞いているが」

「孫将軍は次期大将軍と見込まれていますから、何かしら特別の任務があるのでしょう。私などにはそれ以上は……」

健峰は言葉を濁した。むしろ新人宦官にしては、後宮外の事情に詳しすぎるようにも思える。

確かに孫江亥は武人として有能なだけに、いささか厄介な人物だ。

「財務官吏の方々と話してきます。あなたはご自分の仕事に戻りなさい」

「あ、あの、私を裏雲様付きにさせていただけないでしょうか。尊敬し、お慕いしている裏雲様の元で修行しとうございます。裏雲様からお話ししていただければ」

健峰は深く頭を下げた。

「私は一人でけっこう。この方が動きやすいのでね」

うつむく少年宦官をおいて、裏雲は財務棟へ向かった。

孫江亥が次期大将軍というのは予測がついていた。

命令に忠実で、腕がたち、寡黙な男だ。反乱軍からの生え抜きにしては冷静で、かなりまともな武人である。革命の際にも略奪に加わることなく、部下を窘《たしな》めたという話も聞いた。孫将軍にその地位を任せようというなら、王にもまだわずかばかり知性が残っているのだろう。

前大将軍は裏雲が殺した。

病死ということになっているが、裏雲による毒殺だった。なにしろ、腕のいい毒作りの知人がいる。

得意の呪術を使えれば早いが、生憎《あいにく》この城は呪術除《よ》けが張り巡らされていて逆に難しいのだ。

前大将軍は徐が陥落したとき、刎《は》ねた王の首を槍《やり》に刺し、勝ちどきを上げたという。王后の亡骸《なきがら》にも辱めをくわえた。国王夫妻は毒杯を呷《あお》って死んだが、それだけでは気が済まなかったらしい。

裏雲はこの男にもゆっくりとのたうちまわって死んでもらった。

（もう何十人殺したかわからない）

罪状を調べ上げ、手にかけた。

ちまたでは相次ぐ変死は徐の呪いということになっているらしい。その上にさらにこういう噂《うわさ》を広めていくのだ。

徳のない簒奪《さんだつ》者をいずれ天が殺すだろう――と。

庚の財政はここまで苦しいのかといささか呆れた。

遠征費用を捻出するにも四苦八苦のようだ。予算外の出費に官吏たちは頭を抱え込んでいる。

もちろん徐の末期も良くない状態だった。にしても、これはひどい。

「予備費というものがないのですか」

書類と帳簿を眺めながら、裏雲は溜息《ためいき》交じりに訊《たず》ねた。

「……その余裕もなく」

官吏がうなだれる。

「将軍の遠征はどうしても必要なものなのですか」

「陛下と呉豊閣下のご命令ですから」

これはまた、何かよほどの理由があるようだ。

「ここだけの話、捜し物があるらしいのですよ。徐の秘宝だとか……眉唾ですがね」

裏雲の双眸《そうぼう》がかっと見開かれたことに、官吏たちは気付いていない。

「ほう……それはまた」

「こんな不確かなことで小隊を動かされては困るのですが」

裏雲は官吏相手に艶然と微笑む。

「いえいえ、なんとかするのが我らの務めです。そうですね、今年の予算のことはさほど心配しなくてもいいでしょう。この後宮の夏の宴《うたげ》など、とりやめていただくこととして――」

「そんなことをしては後宮の皆様が納得いたしませんでしょう」

官吏は慌てて口を挟んだ。

「私を呼んだのは後宮の方の費用を削れないかということではありませんか。だから期待に応えようというのです。よろしいですか、陛下は宴などできるお体ではありません。つまり王后陛下にさえご納得いただければ可能」

どのみちこの後宮に夏は来ない。

「納得いただけますか」

「王后陛下はご聡明なお方。ご自身の体調もすぐれないということにしてくださるでしょう」

こんなこともあろうかと、王后の頼みは断らないでいた。昨日の騒動もそうだ。

「助かります。さすがは裏雲殿だ」

「その代わりと言ってはなんですが、さきほどの話をもう少し伺ってもよろしいですか。秘宝とはなんとも夢のあるお話ですからね」

ほんの好奇心ですよ、とくったくなく裏雲は笑ってみせた。

孫江亥とは一度だけ話したことがある。厳密に言えば、二度だろうが、最初の関わりのときは〈裏雲〉ではなかった。

比較的最近のこと、丞相との打ち合わせのおり、同じ部屋で待たされた。そのとき、短いが二人だけになる機会があった。

『将軍の馬は素晴らしいですね、千里でも走れそうな脚をしている』

確かそんな話をした。漆黒の名高い駿馬だ。武人には馬を褒めるに限る。

『恐れ入る。裏雲殿は馬に乗られるのか』

『いえ、私は馬に嫌われるたちのようです』

たわいもない会話だった。それで終わる筈だったが、孫江亥は少し躊躇《ためら》ってから、こちらをきっと見据えた。

『貴殿に伺いたいことがあるのだが――』

残念ながら込み入ったことはもう話せなかった。何人かの官吏が入ってきたからだ。同時に裏雲が丞相に呼ばれた。

『いずれまた』

孫江亥の前を通り過ぎるとき、裏雲は軽く会釈をして、素早くその膝に一本の黒い羽根を置いた。

『おや、どうしました。それはまたどこかのご婦人の羽根飾りですかな、将軍も隅に置けない』

などという冷やかしの声が聞こえてきたが、江亥は答えなかった。おそらく裏雲が残した羽根の意味を考えていたのだろう。

それっきり、会う機会もなく今に至る。

だが、きっとまもなく会える。お互い会わなければならないのだから。

大急ぎで雑務を片づけると、裏雲は城から出た。

何日か戻らないことにするのは少々手続きがいるが、王后に使いを頼まれたということにしてしまった。日頃、王后とうまくやっているのは諸々《もろもろ》都合がいいからだ。互いになにやら秘密を共有しているようなところがある。

向こうの秘密を知っているわけではないが、探り合わないという共犯関係といえる。ある意味理想的だった。

夜、人気のないところで裏雲は翼を広げた。

黒い翼は身の丈ほどもあり、本来は相当な重さがあるのだろう。だが、ほとんど感じない。

そのまま闇に乗じて空へと舞った。

宦官裏雲は謎の多い男だと思われているが、誰もここまでとは思うまい。白翼仙ならともかく、黒翼仙は想像上の存在であるかのように思われている。

少しばかり寒いが、それもまた心地良い。

孫将軍の出立は明朝。先に宇春らと合流した方が良さそうだ。

あの女は使える。

実際、朱可が持っていた書き物は全部目を通していたのだ。他人が読めないような字をわざと書いていたようだが、そんなものでは誤魔化されない。朱可が目指しているのは坤郡の銀河《ぎんが》遺跡。つまり孫将軍の目的地と同じ。

あの女は目的を隠している。史述家である前に徐の〈秘宝〉を狙う盗賊ということ。生真面目そうな見た目には騙《だま》されない。

（なにしろ、あの真っ二つの死体からちゃっかり金を奪っていたのだ）

あの男が持っていた巾着であることは覚えていた。

なかなかどうして、したたかなものだ。したたかな女は嫌いではない。

黒い翼は夜空に隠れ、ゆうゆうと王都の上空を飛ぶ。おそらく今日あたり小屋を出て、西に向かっただろう。だいたい、どのあたりかは見当がつく。

（殿下に仇《あだ》なした者を始末するために、この国は飛びつくした）

徐の〈秘宝〉はどうやら寿白を連れて逃げた趙《ちょう》将軍の小隊が隠したものらしい。だとすれば、殿下か我が父の遺品である可能性もある。

「私のものだ」

あの女が〈秘宝〉を奪うというなら殺すまで。

銀河遺跡は坤郡東の山中にある千年以上前の寺院の跡地だ。僧たちが天への祈りを捧げていたらしいが、いつしか無人となり宥韻《ゆういん》の大災厄で残骸が残るのみとなったという。その後は荒れ放題で山賊が住み着いていたこともあったようだ。

おそらくは秘宝などと呼べるものはないのだろう。財宝と呼べるようなものなど持って行く余裕はなかった。寿白を守るために大急ぎで逃げるしかなかったのだから。

王や丞相が考える宝とはまず間違いなく朱雀玉だ。

あの玉さえあれば、庚にも求心力が生まれる。他の国とも対等の外交に挑める。玉がないことが王にどれほどの劣等感をもたらしてきたことか。あれを持たない限り、天下四国ではない。所詮格下、山賊の国ということ。

寿白がその体に玉を収めたとしても、死んだ以上はどこかにある。当然庚王たちはそう考える。

彼らは寿白が生きているうちは寿白を追い、死んでからは玉を探し求めている。誰かが玉を隠したかもしれない。ましてそこが天への祈りの場、古代寺院の遺跡だというなら気が利いた話だ。

（もし……玉なら）

絶対に奴らに渡すことはできない。残り少ない命を今そのために捨てることを惜しみはしない。

私は殿下のためだけに生まれてきたのだから。

四

お風呂に入れるなんて。ずっと川や湖で行水するくらいが精一杯だった。この冬場にだ。

町に宿があったのは僥倖《ぎょうこう》だった。朱可はお湯の中で伸びをし、年寄りのような吐息を漏らした。あの無残な死体からお金をもらっておいて良かったとつくづく思う。綺麗事ばかり言っていたら、こんな旅続けられるわけがないのだ。

〈天下古今〉において嘘《うそ》偽り、私情は入れない。それだけでいい。

それにしても宇春と一緒に風呂に入りたかった。でも猫はやっぱり水が嫌いらしい。部屋で待っているだろうか。

裏雲がここに来るから、待とうと言われて三泊目。どうやら宇春はここで裏雲と約束していたらしい。それはそうだろうと納得する。雨も少し降ったから、正しい選択だったのだと思う。

現在、ここが庚国の東の果ての町ということになる。山向こうの村からここに移った者も多いらしい。

朱可はそう言った人たちから話を聞き出そうとしたが、彼らの口は固かった。役人に口止めされているのか、それとも思い出したくもないことなのか。

だが、朱可は浴場で一人の女に出会った。おりしも客は二人しかいない。風呂とは見ず知らずの人とも親密になれる場所でもある。

どうやってうまく話しかけようかと思っていたら、ありがたいことに向こうから気さくに声をかけてくれた。

「おやまあ、貸し切りかと思ったら、いたんだねえ。まさか旅してきたのかい」

「ええ。親戚が国境沿いの村にいたので、何か遺品でもと思って行ってみたのですが……もう」

ふっくらとしていて、死んだ母と同じくらいの年頃だろうか。少し親しみを覚えた。

「なんだって。娘さん一人でかい。そりゃいくらなんでも危ないよ。もう何年もたっているし、何も残っちゃいなかっただろう」

「ええ、残念ながら」

「あのあたりは庚の軍隊にやられたし、その前は飢骨《きこつ》も出たからね」

「飢骨が?」

「徐の終わり頃ね、でかいのが出て。あれがいけなかった。まさか覚えてないのかい?」

このあたりで暮らしていた者なら知らない方がおかしいことだろう。湯船に浸《つ》かりながら朱可は冷や汗の出る思いだった。

「まあ……あの、子供だったから」

「十年から前のことだから、若い人はそうかもしれないね。あたしもそっちの出で

ね。ああ、あたしゃこのあたりじゃ丹丹《たんたん》おばさんで通っているよ。娘さんは？」

「朱可と言います。当時のこと訊いてもいい？」

有益な話が聞けそうだ。

この飢骨の出現が徐が滅亡するきっかけになった大事件だというのは、もちろん知っている。飢骨とはこの国において、非常に象徴的なものになったのだ。つまり、これに対処できるかどうかが鍵になる。

「ひどいもんだったよ。あんまり思い出したいことじゃないね」

「あ、ごめんなさい」

「いいんだよ。あのときみんな自棄《やけ》をおこしちまったんだろうね。世の中がひっくり返ればいいのにってね。でも、すぐ気付いたのさ、新しい王様ってのはとんでもない奴だったんじゃないかって」

徐は飢饉《ききん》から建て直すことができないまま、反乱軍に国を奪われた。そのときは民の間でも、何か新しくて素晴らしい世界が始まるような興奮があったのだろう。だが、徐には曲がりなりにも三百年統治をしてきた経験と実績というものがあった。山賊たちにそんなものがある筈もない。

徐の民は取り返しのつかない過ちに気付いている。この町に来て、そのことを強く感じた。

「おばさんもそう思っているの？」

「おっと、こんなこと言っちゃいけないね。忘れておくれ」

「いえ、私もそう思っています。ここには誰もいないんだから、女同士心おきなく話しましょうよ」

朱可は丹丹の手を取った。会話はまだ序盤、これからが核心なのだ。

「私はその頃のことを覚えていなくて。すべて焼き尽くされた村があったって聞きました」

女は黙って肯《うなず》いた。その様子に胸が痛む。

「あたしの村だよ。たまたま娘と一緒に親戚のいる別の村に行っていて難を逃れたけれど……寿白殿下を匿ったって言われてね」

「知らなかったのでしょう」

「もちろんそうさ。戦火に追われた人たちも旅をしていたからそう思っただけでね。可愛らしい男の子だったよ。あれがまさか寿白殿下とはねえ」

朱可は息を呑《の》んだ。

「お目にかかっていたの？」

「村を出る前にね。村長がその人たちを納屋に寝かせて、粗末な食事を振る舞ったくらいだったんだよ。朝には出て行った。そのとき深々とお辞儀してお礼を言っていたよ、あの子供は。可哀想《かわいそう》だと思ったものさ」

しんみりと語る。

「それだけのことで村は犠牲になったの」

「見せしめだろうよ。知らなかったって言い訳をさせないためにも」

それほど寿白討伐は苛烈《かれつ》を極めたということだ。

「今このありさまは天に見捨てられたんだろうよ。天が築いた徐を滅ぼしてしまったんだからね。この国に夜明けが来たとかほざいてたんだよ、みんな。でもずっと夜のままで、天は盗人《ぬすっと》の国に日も差してくれなくなった。そんな気がするよ。あたしら大事なものを手放しちまったんだろうね。でもね、だとしても生き抜かなきゃ」

少し涙ぐんだ丹丹にしんみりとしてしまう。

「わからないよ。きっとまた日は差すよ。日が昇ったり沈んだり、だってそれが歴史だもの」

「歴史ねえ、おまいさん博識なんだね。駄目だね、あたしらもうそんな大きな単位で生きちゃいられないんだよ。日銭を稼いで、今日と明日のことだけで手一杯。若い子は夢があっていいねえ」

希望をなくしているのは、きっと彼女だけではない。

「夢とかじゃないよ。時代って動くものだから」

少しずつ、あるときは突然に、時代は動く。つい、偉そうに語りたくなってしまうが、ここは我慢。

「おばさんと話せて良かった」

朱可は礼を言って、風呂を出た。

話を聞くために適当な人を待ち構え、少々のぼせてしまったかもしれない。浴場の外にある椅子に腰をおろした。風を受け、ほっとする。

東の最果ての町は随分と埃《ほこり》っぽい。西の空は朱色に染まっている。この国からは呪術師が消えてしまったと聞いていたが、確かにこの町にはいない。呪詛《じゅそ》を恐れた庚王が片っ端から処刑したというのは本当らしい。知恵者として重宝され、町や村に一人ぐらいはいるものだが、生きていても術師とは名乗れないのだろう。

「おねえちゃん、一人でいると危ないぞ。攫《さら》われちまう」

二人組の酔っ払いに声をかけられた。

「人攫《ひとさら》いがいるの？」

酔っ払いは口が軽いので、話を聞くにはちょうどいい。

「そりゃいるさ。若い女は後宮に買ってもらえるからな」

「いやいや、最近はそうでもねえらしい。王様すっかり腑抜《ふぬ》けちまって、そんな元気もないとか。危ないのは人売りの方だ」

人買いならぬ〈人売り〉とは、いわゆる密告者のことだ。王政に不満を持つ者などを報《しら》せ、そのつど報奨金をもらう。おそろしいことに、彼らは普通の人の顔をして市井に紛れ込んでいる。

「陛下はご病気なのかしら」

「まあ、祟《たた》られているのかもな。徐の王族たちの首を晒《さら》したわけだから」

「おいおい、さすがにそんな話はやばいだろ。田舎町だからって気を抜くんじゃねぇよ。王都に帰れなくなるぞ」

宥められて酔っ払いも口をつぐむが、ここで逃がしてはならない。王都から商用で来た男たちらしい。

「大丈夫、ほら、周りには誰もいないもの。ね、都の噂《うわさ》話《ばなし》聞かせて」

若い女であることを利用して媚《こ》びるのは得意ではないが、せいぜい頑張ってみる。

「まあこんなところに住んでいれば興味も湧くか。どこの訛《なま》りだよ、おねえちゃん」

越の訛りとわからなければ、いくらでも田舎者で誤魔化せる。

「ねえ、王様を見たことあるの？」

男たちは顔を見合わせた。

「いや。何年も表には出てないらしいな」

「おれは連中が城を落としたときちらっと見たぞ。髭面《ひげづら》で勇ましく、堂々としたもんだった。今は見る影もないなんて話もあるが」

「そりゃな、易姓革命を気取ってたが暮らしはひどくなる一方だ。去年、となりの学者爺《じい》さんが連れていかれた。戻ってこないから殺されたんだろうよ。どうなるんだろうな、この国は」

「王太子は子供だ。実権は丞相にあるとも聞くが、今まで国を動かしてきた連中を皆殺しにすれば、そりゃ残るのは経験もない奴らだ。天下三国と野蛮な新参国さ」

「滅ぼしたんだから、天下四国は名乗れないよな。孫将軍が大将軍になれば少しは違うのか」

「孫江亥は珍しく立派なお方だと聞くが、正しい武人というのは上の言うことしかきかないもんだ。おれはもう、越にでも移りたいよ。だが、外に出してくれないからな」

もの悲しい話をしているうちに男たちは酔いが醒《さ》めてきたようだった。

「おれは十年前、あれで妹を亡くしたよ……子供が生まれたばかりだったのに可哀想なことをした」

「いけねえや、すっかり湿っぽくなっちまった。じゃあな、おねえちゃん」

男たちは肩を寄せ合い去って行った。飲み直すのかもしれない。

朱可が宿に戻ると宇春はいなかった。猫もいない。どこかで気ままに鼠でも獲っているのか。

（それとも……）

案外、裏雲から何かしら指令のようなものを受けていて動いているのかもしれない。あんな得体の知れない男などいるものではない。宇春だってただの可愛らしい猫少女というわけではない筈だ。

朱可は寝台に寝そべり、帳面を開いた。

父と祖父が遺《のこ》した〈天下古今〉は伯母のところで預かってもらっている。読み返せないのは残念だが、充分覚えていた。

六年前父が見た庚と私が見ている庚。確かに同じだ。この国は数年経ってもほとんど復興していないのだ。

人々は後悔し、庚という国を呪っている。

早く坤郡に向かいたい。父が遺した手紙には徐の王太子が遺した〈秘宝〉に関するくだりがあった。おそらく父が最も娘に伝えたかったことだ。

この目でそれを見たい。

徐の〈秘宝〉であると同時に、父の形見のようなものでもある。

秘宝がお金であったならもらっておく。路銀はいくらあっても困らない。

悲劇の王太子寿白。最後に父王から譲位されたという説もあるようだが、ここでは王太子と呼んでおく。その寿白王太子が最期に何を残したのか。きっと誰かに伝えたい強い想いがあったのだろう。

私が、その想いを引き受けてみせる。

朝目覚めると、その部屋には裏雲がいた。猫は幸せそうにその膝に抱かれている。深夜に勝手に入ってきたらしい。

向こうはこっちを女だとも思っていないようだが、宿なんだから別に部屋をとってほしかった。

「寝相の悪い女だな。それでは宇春と一緒には寝られない」

猫を撫《な》でながらむかつくことを言う。色男すぎる分、よけいに上から目線に聞こえるのだ。

「自分の部屋をとってよ。良い着物着てるんだからお金あるんでしょ」

「夜中遅すぎて、宿の者も寝ていた。起こすのも気の毒だろう。心配するな、女になど触れても楽しくもない」

「女に興味ない？」

「誰にも興味はない。早く支度をしてくれ。すぐに出発する」

裏雲に急《せ》かされ、朱可は身支度を整えた。髪を後ろに一本で結ぶ。複雑な結い髪などずっとしたことがない。

「馬に乗せてくれるの？」

「馬など乗っていない」

「じゃあどうやってこの速さで行き来してるのよ」

ありえないことを言っている。ここは天下四国でも最も面積のある国だ。

「……自力だ」

「嘘っ」

猫は主人の膝から下りると少女になり、否定する朱可の前に立ちはだかった。

「裏雲はおまえに合わせて歩くと言っているのだ。行くぞ」

やはり宇春は裏雲の味方らしい。仲良くなれてもそこだけは譲れないのだろう。

「私は坤郡の銀河遺跡に行くんだけど」

「急ぐとしよう」

裏雲は何故そこに行くのかと訊かない。それが逆に不気味に思えた。史述家が遺跡に行くのはおかしくないが、そこは天下四国以前の史跡だ。この男が知らないとは思えない。

「何が目的でついてくるの」

「言った筈だ。歴史とは勝者に書き換えられるもの。そうならないよう見張っておきたいだけだと」

「うちはそういうのしないって言ったよね。私が庚に都合のいいものを書く筋合いなんか何もない」

宿を出て歩きながらも言い返す。停《と》まっている暇はない。

「そう願いたいものだな」

「もしかして……あなた、徐の王族の生き残りとか？」

もしそうなら大きな収穫だ。ちょっと期待して訊いてしまった。

「王族は皆殺しになった。私が知る限りいない。わずかでも血縁なら探せばいると思うが、王族ではない。知られれば殺されるかもしれないのだから、血縁があることも名乗れないだろう」

淡々と答えた。もはや悲しみすら残っていないようにも聞こえる。

「でも、憎んでいるんだよね」

「そうだ」

そこは嘘でも否定する気はないらしい。

「でも、私は徐にも贔屓《ひいき》しないよ」

「それでたくさんだ」

裏雲は遠い山の稜線《りょうせん》に目をやった。

町を出て、西へと向かう。まずは斉《さい》の郡都小斉《しょうさい》を目指す。そこから街道は大きく二つに分かれる。裴《はい》と坤への道だ。朱可は坤へと行く。目的の遺跡は坤の郡都より手前にあり、ここから徒歩で十日ほどだと裏雲は言っていた。宿場町は点在しており、宿にはそう困らないだろうとも教えてくれた。

「銀河遺跡って綺麗な名前ね。夜空に祈りを捧げているのかな」

「いや、そこは銀山だった。そこから流れてくる河の中腹にあったことからついたらしい。もっとも銀は取り尽くしたようだが」

「そっちか。越にも有名な銀山があるよ。えっと」

「蘇《そ》郡の東了《とうりょう》銀山だろう。あれは掘ってから数十年、まだ採れそうだな」

裏雲は博識だった。この国のことはもちろん、他国のことまで知っている。歴史に関してまで教わることがあるくらいだった。

「白翼仙みたいに知識があるのね」

「知識だけはな」

あんまり根掘り葉掘り訊けば、つむじを曲げそうな男だ。ここは慎重に行く。

(いずれ、この男から逃げなきゃいけない)

史書の正しさだけを求めているわけではないだろう。他にも目的がある筈なのだから。無償の親切などこの世にはない。朱可は楽天家だが、決してお人好《ひとよ》しではなかった。

「越には始祖王二人が出会った場所に碑があるのだろう」

「本当によく知ってるね。そうなの、曹永道《そうえいどう》と蔡仲均《さいちゅうきん》が出会った地。これね、長い間ただの荒れ地だったんだけど、うちの祖父《じい》ちゃんと周文《しゅうぶん》閣下が記念碑を建てたのよ。始まりの地ってとこ」

始祖王となる傑物《けつぶつ》四人が集まるまでは何年かかかっている。別れてもまた出会う。そんな偶然が何度かあったらしい。

堅物《かたぶつ》の武人の曹永道とかなり砕けた男だったという蔡仲均は何故か意気投合し、行動を共にした。性格の違う二人だったからこそ、逆にうまくいったのかもしれない。乱れに乱れたこの地にどうすれば秩序がもたらされるのか。時に真摯に時に適当に語り合った。

その後、灰歌《はいか》と汀海鳴《ていかいめい》に出会い、四人の国造りの構想が固まっていく。壮大な始祖王たちの物語だ。

「うちの始祖王とそっちの始祖王が出会ったとき、喧嘩になったんだって。蔡仲均が曹永道の剣を盗もうとしたから」

「それから戦いになって、お互いが相手の強さを認め合った。二人は杯を酌み交わして末永い友情を誓った。そんな話だろう。実際はそこまで美談かどうかは知らないが」

「そう、そのへんはあまり想像を膨らませないようにしないとね。史書は物語じゃないんだから」

裏雲と話すのは思いの外楽しかった。豊かな知識を持つ男で、朱可の熱い歴史語りにも難なくついてくる。

「燕国の始祖王になった灰歌は天の声を聞く女だった。これが天との契約のようなものにつながっていく肝なのよね。灰歌の存在は大きかった。でも、せっかくの女王国なのに燕はもう何代も摂政《せっしょう》が実際の王政を担っている。そこ、歯痒《はがゆ》いわ」

「出産や子育てに忙しい女王の辛《つら》いところだろう」

「そうなの。燕《えん》ってのは胤《たね》の制度でしょう。名跡姫《みょうせきひめ》は十五になったら子作りのためだけの男を迎えなきゃならない。理不尽だよね。女をなんだと思っているんだろ。腹たつわ。しかもその胤の扱いもひどいとか。この国のあとは燕に行くから、そこらへんちゃんと見ておきたい」

「駕《が》にも行くのか」

朱可は力強く肯いた。

「もちろん行きたいよ。あの国こそ謎なんだから。他の三人と出会ったとき、汀海鳴はまだ少年だったけど、とんでもない力を持つ術師だった。気難しいところのある少年を他の三人がうまく導いていた。海鳴は結局若くして死んだけど、代々の王は厳しい気候の国をうまく治めていった。でも、いつの頃からか国を閉ざした。そこには何か理由があったと思うけどね」

「お祖父さんは駕で亡くなったのだったか」

「祖父も危ない国だってのはわかっていたのよ。あるとき、駕の国境に近い町で一家が入れ替わっていたって事件があったのよ。もともと近所づきあいの薄い家だったから、気付かれなくて。駕から逃げてきた人たちがそこの夫婦を殺して成りすましたの。これが明らかになって、取り調べた結果、駕国はかなり怖いことになっているってことがわかったわけ。そうなると、祖父はますます確かめたくなったの。でも、危険すぎるのはわかっていたから、結婚してまもない息子は連れていかなかった。祖父は何を見たのかしらね」

裏雲は興味深げに聞いていた。

「駕は……そうだな。ひとたび入ったら、生きて帰ることのできる国ではない」

「まるで行ったことあるみたいなことを言ってる。そうなの？」

裏雲は肯定も否定もしなかった。話題を変える。

「越は大きな混乱もなかった国だろう。住みやすいのではないか」

「どうかな。なんといってもうちには屍蛾《しが》の襲来があるから」

十四年周期で、巨大な蛾のような形をした暗魅が央湖周辺から東へと一斉移動する。この暗魅の鱗粉《りんぷん》を吸い込むと多くの場合死にいたる。その犠牲者は数知れず。越は王家の中で争っている余裕がないのだ。だからこそ、始祖王は争いの余地がないよう厳格な長男相続にしてしまった。どんなに駄目な人物でも正妻の長男を跡継ぎとして最優先する法がある。なのに、二人の王子が玉座を争っているのだから困ったものだ。

「越の歴史だけなら簡単だったのではないか」

「それじゃ駄目よ。天下四国は一つの輪だもの。それに徐が倒れたのは大きな転機になると思うの。潘家の史書がこの転機を良い方に舵《かじ》を切る材料になれば、ちょっと自慢できるじゃやない」

「潘朱可という名が歴史に残ることになるな。王族でもない婦人が歴史上の人物というのはあまり類がない」

「だよね。そう思うとなんか胸が躍るわ」

疲れてきた足取りも軽くなった。

「あ、灰歌もそうだよね。もともとは王族じゃない」

「燕の始祖王と肩を並べるか」

「女からすると灰歌は憧れだわ。でも、天下四国は始祖王の思い描いたとおりになっているのかしら。きっとそうでもないわよね」

「徐など滅んだ。始祖王は何を想う、か……あなたは変な女だ」

こちらからすれば裏雲こそ謎だ。

「飢饉が続き、大きな飢骨が現れて、それを庚の王が倒して人心を掌握、易姓革命をおこした——ここに異議はある？」

「あるとも。石宜《せきぎ》は飢骨を倒してはいない。人を喰らい満足した飢骨は崩れ落ちた。それを倒したことにしただけだ」

「それを裏付けるものは？」

「私が本人から聞いた。楽しげに語っていたよ、仲間も喰わせたそうだ」

朱可は目を丸くした。

「あなたは……いや、いいや。復讐もまた歴史だものね。私がどうこう言うことじゃない」

「そういうことだ。私のやることには口を出さなくていい」

復讐を考えていることも隠そうとしない。

人の世の移り変わりに個人の感情が入らないわけがない。むしろたいていの場合、心のままに生きた結果が歴史だろう。

始祖王にしてもそこに一欠片《ひとかけら》の私情もなかったとは言えない筈だ。神格化されてはいるが。

（潘家の〈天下古今〉は誰も神にはしない）

あまりにも当たり前のことなので、口にはしなかった。

「銀河遺跡といってもけっこう広い。目星はついているのか」

「ん……行ってみないと」

広いと言われて朱可はたじろいだ。

「でも遺跡は逃げないから探すわよ」

「雑号将軍孫江亥の小隊が坤郡に向かう。向こうは馬だ」

これ以上ないくらい目を見開き、朱可は裏雲を見つめた。

「なんでそんなことを知っているの」

「都にいれば部隊の動きくらいわかる」

もしや裏雲は役人なのではないかと思ったが、それにしてはけっこう自由に行き来できているようだ。

疑ってはいたけど、裏雲の目的も〈秘宝〉なのか。

この男が帳面をおおかた読めたなら、気付かれていてもおかしくないのだ。だが、銀河遺跡のどこかまでは朱可は書いていなかった。念のため、頭の中に刻み込んできたのだ。

裏雲は〈秘宝〉に行き着くには、朱可の記憶が必要だと思ったのだろう。つまり、〈秘宝〉を欲しているのだ。

この先、庚の将軍の部隊と裏雲を出し抜かなければならなくなるのか。

朱可はけっこうな目眩《めまい》を覚えた。

五

都から出ると、空気は一変するように思えた。

孫江亥は馬上にあり、遠く南東の空を眺める。これより向かう坤郡は故郷でもあった。

雨で日程が遅れたが、あと三日もすれば小坤《しょうこん》に着く。そこからは銀河遺跡に向かうが、街道と違い、いささか険しい山道もあるため苦労するかもしれない。

なにより後ろの兵たちの士気は低かった。

無理もない。満足に給金も出ず、栄養状態まで悪いのだ。もともと、あまりに食えないものだから兵士になったような連中だ。

『孫将軍ならば、このような連中でもものにできるであろう』

丞相にそう言われ、使えない兵を押しつけられたのであったが、不満は口にしなかった。それは武人の誇りに反する。

近頃、丞相の風当たりが強い。

下卑た男だが、任務は任務。江亥はやり遂げるだけだ。

それにしても今更、〈玉〉探しとは。いささか解《げ》せない。何か有力な情報でもあったのか。

「将軍、見つからなかった場合、こちらの責めにされはしないでしょうか」

副官孔丕承《こうひしょう》が横に並び囁《ささや》いてきた。この男だけは付き合いも長く、信用がおける。

江亥の片腕である。

「最善を尽くすだけだ」

「ですが、丞相閣下はいささか将軍を敵視していらっしゃるような……思い過ごしなら良いのですが」

気付いていたようだ。今回のことも無理難題を押しつけられたと思っているのだろう。

「……そのことか」

「聞いてください。丞相閣下のもとに何やら情報を売りにきた男がいたらしいのです。それがこの件だったとか。かなり人相風体怪しく、とうてい信頼できるものではありません。駐留軍の兵で済むような話で。都から遠ざけたかったのではないかとしか思えませせぬ」

それを聞いたところでどうなることでもなかった。

「もう良い。我らは庚の武人。私情を挟むべきではあるまい」

孫江亥とて庚が素晴らしい国だなどとは思っていない。それでも護《まも》らなければならない。確かに〈玉〉はあった方が良い。あれがないうちは天下四国の一国などと口が裂けても言えないだろう。

玉に関する有象無象《うぞうむぞう》からの偽情報は尽きない。丞相はそれを精査しているようだが、騙されることもあるのは事実だ。

寿白殿下とともに逃げた小隊に生き残りがいるという話は根強い。その者なら何か知っていても不思議ではない。それを釣り上げようと丞相は躍起だ。もう少し内政に目を向け、この荒れた地を復興させようと思ってくれるなら良いのだが、目先の手柄に目がくらんでいる。

「失礼いたしました。とはいえ、どうかお気をつけて。丞相閣下にわずかばかりの意見をした楊栄将軍も辺境警備に回されておりますゆえ」

「楊栄は若さゆえであろう。できた男だが」

もともと庚軍ではなく、徐の一兵卒だった楊栄はどうしても立場が悪い。ああいう男をうまく使えないのは残念なことだ。

（大将軍になったら取り立てたいものだ）

そう考えてからすぐにその思いを封じた。欲は刃を曇らせる。

大将軍が病死して一年。その地位は未だ空位のままにある。建国十年を記念し、式典などもあるだろう。そこに大将軍がいないのは見栄えが悪いと考えているようだ。

庚はこれからの王国だ。きっとそうだ。

そのように思わなければ気持ちがもたない。

あれほど血を流して、このままで良い筈がない。

孫江亥だけは庚を見捨ててはならないのだ。あの頃、坤郡太府《たいふ》直属の親衛隊であった。つまり王ではなく、太府の下にあるという位置づけだったのだ。下士官として勤め上げ、太府が庚軍についたとき、この身もまた付き従った。それが筋だと考えた。中には王の下に駆けつけた者もいたが、それはそれで間違っていない。

そしてこの手でかつての上官を討った。

そこまでしても、庚は良くならない。今まで迷いが生じなかったといえば嘘になる。

（玉さえ見つかれば）

それを信じることにした。

徐を滅ぼしたことを間違いにしてはならないのだ。この手でどれほど殺したことか。同じ国の者を。

今でも忘れられないのは寿白殿下の影武者となり、西へ逃げた少年だった。あのときは命令どおり殿下だと信じて追ったが、結局そうではなかった。陽動に過ぎなかった。

（殺さずとも良い子供に刃を向けてしまった）

そのことが悔やまれてならない。

「全軍、小坤へ。規律を乱してはならんぞ」

江亥は指示を出した。

返事はあるものの、どこか緩い。まだ王都で訓練している方が良い兵たちだ。

しかし、今江亥が最も気になっているのは裏雲という宦官だった。その優れた容貌と有能さから、城内では広く知られた男だった。またたくまに出世し、王后のお気に入りだと聞く。

接点はとくにない。ただ、気にはなる。底知れぬ瞳は何を考えているのか読めない。あの端整な顔の裏にはどす黒いものを感じる。

「丕承、宦官の裏雲を知っているか」

「はい。目立つ方ですから」

「素性を知らぬか」

「いえ、そこまでは。何か気になることがおありですか」

江亥は胸の内の疑念を隠しておけなくなっていた。これを晴らさずして大将軍の任など受けられようか。

「少しな」

「それでは王都に戻ったら調べさせてみましょう」

「頼む」

思い過ごしならば良いが、江亥はあの目を知っているような気がしていた。どこかで――

「宦官は油断なりませんから。後宮は陛下の私生活に通じ、実に侮れないところです。丞相閣下は妻の姪を後宮に入れているくらいで、他にも手は尽くしているでしょう」

「陛下は月才人という女しか関心がないようだな」

「ええ、夢中のようです」

「以前より気になっていた。あの女を一度見たことがあるが、どうにも只者《ただもの》ではないように思える」

「そちらはすでに調べさせています。王都に戻った頃には何か情報が入っているかもしれません」

「すまぬな」

丕承はこちらの意をよく汲んでくれる副官だ。今となっては数少ない信頼できる存在であった。

王の具合が目に見えて悪くなったのはその女が入内《じゆだい》した頃。気になっていたが、武人ともあろうものが後宮のことに口を出すのは憚《はばか》られた。しかし、見て見ぬふりをするのは正しくないのではないか。江亥にも迷いが出てきたのだ。

「将軍、小坤が見えてまいりました」

副官の声に斜め前方を見る。

大きな街があった。王都に隣接する坤郡の郡都であり、数十万の民が暮らす賑《にぎ》やかな街だ。何年も帰ってきてはいなかったが、皆は息災であろうか。

「懐かしい。今夜は兵たちもゆっくり休めるだろう」

孫江亥は安堵して故郷を眺めていた。

六

宇春と合流する前、裏雲は一足先に銀河遺跡を見に行っていた。

寺院の跡地を優先し、何か隠されてはいないかを調べて廻《まわ》ったが、それらしいものは見つからなかった。

となれば、あの女が必要だろう。父と祖父の代からの足で調べ上げていく史述家だったようだ。徐の秘宝とやらに関する知識もあるに違いない。

かつて銀山だった山もうち捨てられ、まともな道もなかった。草木が生い茂り、何がどこにあったのかもおぼつかないありさまだ。兵たちが入ったところで苦労するだろう。馬で登ることはできない。

揺れる炎を見つめながら、裏雲は木の枝をくべた。

向こうでは朱可が横になって眠っている。宿がとれなかったせいで今夜は野宿だった。

街道の宿場町も寂れ、営業している宿はほとんどなかった。年々状況は悪くなっているようだ。

「裏雲、また誰かを殺すのか」

傍《かたわ》らの少女が唐突に問い掛けてきた。

「殺すとも」

「いつ終わるのだ」

「生きている限り」

焚《た》き火を見つめ、裏雲は当たり前のこととして答えた。少女の懸念はわかる。長く一緒にいて、人の感性に近づいてきているのだろう。

「ならば終わらなくていい」

終われば死ぬというのなら、終わらないでほしいと思ったのかもしれない。だが、裏雲の場合はいわば寿命であって、いささか違う。

黒翼仙は十年もすれば死ぬ。罪の証《あかし》である黒い翼が焼かれて。

罪を背負って八年ほどが経過していた。残りの歳月もこれまでと同様に殿下を殺した者たちに死をもたらす。

最大の標的は庚王だ。

そちらは着々と殺している途中である。今このときも庚王はのたうちまわっている。楽には死なせない。

「私に愛想を尽かしてもいいんだよ」

「裏雲には猫が必要だ」

宇春のように単純に生きられたならどんなに良いだろうか。簡潔で潔い。それに比べて、殺し続けるこの身の見苦しいことよ。

どんなに命乞いされても裏雲は躊躇い一つ見せなかった。

おまえたちは子供を追い詰め殺し、その首まで晒した。許すわけがない。復讐は虚《むな》しいなどという呆けたことを言う愚か者にはこう答えた。

『これは私の戦だ』

おまえたちと違って終わっていないだけだと。

何気なく、朝の雨で濡れた土をこねてみた。

「何をしている」

「子供の頃を思い出したよ。こんなことをして遊んだこともあったな」

ただ丸くして、固くして、光らせて……たわいもない遊び。

「面白いのか」

「誰とやるかによる」

宇春は怪訝な顔をした。今まで殿下のことをあまり話すことがなかったので、誰かの復讐をしているということくらいしか知らない。

「わたしが付き合ってやる」

宇春に気を遣われ、裏雲は苦笑した。

「ありがとう。だが、泥をこねて楽しむにはもう歳を取りすぎたようだ」

立ち上がると川で手を洗った。水面は月を浮かべ揺れる。

一人で見上げる月はただの白い球体でしかなかった。何かを美しいと思える日々はもう戻ってこない。

また翌日、日の出と共に歩く。

かなり足が痛むようだが、朱可は泣き言も言わなかった。そこはたいしたものだと裏雲も思う。

ようやく斉を抜け、坤郡へと入ることになるが、関所が設けられていた。国内であり、普段は緩い関所だがいつもより物々しい。

「どうしよう、かなり調べられているみたい」

審査のための行列を前に、朱可は臆したように荷物を抱きしめた。命より大事な帳面を懐の中に入れる。

「私がうまくやる。あなたはなるべく話すな」

「わかった……でも、どうして」

「他国訛りに気付く者もいる」

「確かに気付かれた。あの人、楊栄って名乗ってたけど。大目に見てくれたというか、助かった」

現在東辺境の国境警備に当たっているという若い将軍の名を挙げた。若いといっても、裏雲より十ほど上だろうが、将軍職としては最年少となる。人材不足もあって異例の出世を遂げた。

「楊栄将軍か。それは運が良かったな」

「そうなんでしょうね」

会話はそこでやめ、行列の最後尾に並ぶ。宇春は猫になって一足先に通り抜けていった。その様子を羨ましそうに朱可が眺めていた。

「あんたたち、夫婦連れかね」

前の老人に訊かれ、朱可は思い切り首を横に振った。

「そんなふうに見えますか、こちらは私の使用人です」

そう答えると朱可は不服そうな顔をしたが、これが一番無難な設定だった。裏雲と朱可では身なりが違う。着ている着物の質など、関所役人でも見破る。

「おや、これは失礼した。確かに見るからに違いますな」

「いつもと違うようですね、何かあったのでしょうか」

「どうやらおととい関所の詰め所に侵入した者がいたらしいよ。流民になった者たちの王都への流入を制限しているから、たまにそういうのも出てきてねえ」

朱可は黙って聞き耳をたてているようだった。こういう現実を書き連ねて史書は作られるのだと昨日も偉そうに言っていた。

「なるほど、しかし王都も手一杯だ」

「でしょうな。しかし、若い者には仕事がいる。おっと、こんな話をしていたらわしらも捕まってしまう。控えましょう、くわばらくわばら」

老人は片手で口を押さえた。順番が近づいてきて、番兵たちから睨まれるようになったからだ。

「貸して」

朱可は小さく囁くと、裏雲の荷物を摑んだ。

「使用人が持った方がいいでしょ」

確かにそのとおりだ。重いだろうが、彼女に預けた。

順番が回ってきて、裏雲は手形を渡した。

それを見るや、兵たちは荷改めもせずすぐさま裏雲を通した。もちろん、使用人など荷物と同じ扱いでしかなく、手形は必要としない。

誰よりもあっさり通されたことで、朱可は拍子抜けしたような顔をしていた。

「やっぱり、あなた官吏かなんかなんでしょ」

「時間を無駄にした。急ぐぞ」

答える気はなかった。孫江亥より早く遺跡に着きたい。

「王族に近い人で、復讐の機会を窺いながら役人をやっている。そうなんでしょ、それくらい教えてよ」

「おおむねそのとおりだ」

機会は窺っていない、すでに裏雲は今まで数十人殺していた。あとは王と……櫂郡《かいぐん》の太府と……数えたこともなかった。

「待ってよ。庚王は術師を皆殺しにしてるって聞いている。なのに、暗魅遣いのあなたが役人になったっていうの」

「徐の役人を殺しすぎて人手が足りなかった。そう難しくはない」

「……私は歴史の鍵になる人と近づきになったのね」

これから大きなことが起きると察したらしい。なかなか賢《さか》しい。潘朱可は良い史述家になるだろう。

「そんなことより、まずは自分の身を案じろ。どうやら越の密偵を警戒している。うっかり口を開くな」

「そうなんだ……あながち違うと言い切れないかも」

越からこの国の歴史調査に来た女など、庚王朝にすれば密偵より悪いかもしれない。

「越の者は他の国より警戒される。なにしろ、逃亡した王太子殿下は正王后を頼ろうとしたらしいからな。今も関所に侵入した狩人のなりをした少年を追っているようだ」

思うところがあるのだろう、朱可は考え込んでいた。

三代目史述家の女は、正王后と面識があるのかもしれない。

「あの山の中腹に銀河遺跡がある」

西に遠く、青い山が見えた。指さして教えてやる。強い意志を持った、後世に名を残すであろう女だ。今のうちに多くのことを伝えてやりたかった。

「あれか……近づいてきたんだ」

越の王都堅玄《けんげん》を出て二月近くが過ぎているらしい。ここまで来たのかと胸に迫るものがあったのだろう、朱可は歩を進めるのも忘れて見つめていた。

「ねえ、徐には天令《てんれい》を祀《まつ》るお祭りがあったのよね」

「桃源祭《とうげんさい》のことか」

「天令って見たことある？」

妙なことを訊ねてきた。

「ないと思うが」

「うちのお祖父さんはね、子供の頃に見たんだって」

すごいでしょ、とこちらに目線をよこした。

「山の中で話し声がしたから木の陰から見てみると、銀色の髪の少年が二人いて話してたらしいの」

「天令は銀髪だという話だな」

可愛らしい姿をして光にもなるという。白翼仙であった師匠から引き継いだ知識にはもう少し詳しい話もあった。

「とても綺麗な子たちだったんだって。『央湖を越えてここまで顔を見に来てやったのに不機嫌そうだな』と一人の子が言って、『人の国にその程度のことで来るな』と答えていたそうよ。それで二人とも光になって消えてしまった」

「その話からすると越の天令のところに燕の天令がやって来たというところか」

「祖父は天令なんてお伽噺《とぎばなし》かなんかだと思っていたらしいけど、見てしまったら変わるよね。それから勉強家になったみたい」

関所を越えた安堵からか、朱可は饒舌《じょうぜつ》だった。

興味深い話ではあったが、裏雲はあまり天令が好きではない。天令は徐を護ろうとはしなかった。

(……殿下をみすみす死なせた)

すべての感情はそこに行き着く。

「先に向かってくれ。私は一度あちらの仕事に戻る」

裾野に広がる森に入ると、裏雲は突然言いだした。そしてそっと宇春に耳打ちをする。

「女から目を離すな。明後日《あさって》には戻る」

朱可はどうしてとは訊かなかった。ここまで来て離れるのは不自然だと思うのが当然だが、どこかほっとしているようにも見えた。物事を疑ってかかることができるのだから、この女は意外に聡明だ。

二人が森の奥へと消えると、裏雲は王都を目指した。

所作と教養が身についていた裏雲が宦官に採用されたのは当然だった。敵は多かったが、どうということもない。人は容姿の優れている者には同性でも一目置く。もちろん誰にでも公正であったし、親切でもあった。

身元は龍郡の貧しい辺境貴族の三男坊ということにしておいた。内戦で家族は死んだと言っておけばそれで通じた。それだけ人が死んだのだ。

龍郡は王都と接していない辺境だが、宵韻の大災厄で知られる韻の遠戚にあたる者たちの領地であった。それゆえ貧しくとも由緒ある家柄を誇る連中もいたものだ。庚の山賊どもではそういうことまで把握できていなかっただろうが。

去勢することもなく、目くらましの術一つでやすやすとことは足りた。宿舎では色欲や恨みから襲われたこともあったが、そちらも術で良い夢を見てもらった。

だが、残念なことに自分だけは良い夢は見られなかった。

城の中では殿下が死ぬ夢ばかり見た。すでに疲れ果て、死を恐れもしなくなった殿下だ。

『悧諒……迎えに来て』

『助けて……悧諒』

『殺してよ……お願いだから、悧諒』

落城の日、ともに毒杯があおれたなら。だが夢の中でさえ、殿下をこの手で死なせてやることもできなかった。

黒い翼を背負ってからはあまり眠る必要がなくなったのだけは救いだった。そのうち裏雲は夢も見なくなった。

見なくなれば寂しく、勝手に目蓋の裏に思い浮かべるのだから、始末が悪い。どこまでも求めてしまう。

徐の秘宝――それはおそらく朱雀玉だろう。

殿下が死んだ後、体から抜けたか、あるいは殿下が天令に抜いてくれと祈ったか。経緯はわからないが、玉は殿下から離れた。それを生き残った隊士が隠した、そんなところかもしれない。朱可の父はその者と行動をともにし、書き残したのではないか、と裏雲は推察している。

後世になりその〈秘宝〉が見つかれば、〈天下古今〉がどれほど信憑性《しんぴょう》の高い史書であるかがわかってもらえる。潘道慶《どうけい》はそこに賭けた。

たいしたものだと思う。

そのためを思うなら、本当はまだ玉を見つけるときではない。朱可はそこまで思い至らないようだが、教えてやる気もなかった。

玉であるならば、天令も黙ってはいないだろう。天令ならば仕方ない。だが庚王に奪われるわけにはいかなかった。玉を求め、孫江亥はそこまで来ている。

暗くなってから王都に舞い降り、裏雲は後宮へと戻った。

荒れた辺境と同じ国の中とは思えない匂いがする。わかりやすい女たちの匂いがする妓院《ぎいん》とはまた違う。これは宦官が発する匂いかもしれない。

宦官とは奇妙な生き物だ。生きるために去勢し、役人の末端に名を連ねる。それでも出世するのは一握り。市井に戻ったところでよくは思われない。

だからこそ彼らは女たち以上に夢を見る。

「裏雲様、お戻りでしたか」

駆け寄ってきたのは健峰だった。この少年宦官にとっては裏雲とは憧れの先輩なのかもしれない。少なくともそのようには見える。

「丞相閣下が話したいとおっしゃっていました」

「今夜は遅い。明朝の方がいいだろう」

「はい、そのように。あの……」

少年は言い出せないのか、もじもじしていた。

「なにか？」

「裏雲様は韻郡の出だと聞きました」

「丞相閣下が酒席の話題にでもしていたか」

丞相呉豊は「所詮、裏雲など田舎者よ」と罵《のの》り溜飲《りゅういん》を下げているらしい。裏雲は目障りだが、必要ではある、という反する現実があの男をひどく屈折させているのだ。

「あ、いえ……はい。あの身寄りはいませんが、私も韻郡の出で」

「そうか」

裏雲は警戒した。実際、かつての将軍の嫡男であった裏雲は生まれも育ちも王都。王太子と乳兄弟であったことから、半分城で育ったようなものだった。韻郡の話題など避けるに越したことはない。

「韻郡はまた今年大干ばつに襲われているとのこと、胸を痛めております。太府から援助の要請が届いているらしいのですが、裏雲様のご出身の地はいかがでしょうか」

「宦官にできることなど知れている。胸を痛めても仕方ない」

突き放した言い方になっていた。

「ですが、飢骨など現れましてはどうなるかと。城にいらっしゃる皆様にはあの恐ろしさを理解していただけないのです。裏雲様ならと」

「私は後宮管理の宦官だ。たまに相談を受ければ話を聞くこともあるが、辺境の飢饉を相談されたことはない。その話ならば他の方に頼むといい」

「裏雲様と同じ出身であることを誇りにしています。雲の上のお方ですが、私もいずれ――」

「丞相閣下から私に近づけと命じられているのかな。同郷の可愛い少年であるなら気を許すだろうと、なんなら抱かれろと」

裏雲は少し面倒になってきていた。丞相などを手玉にとり利用するのは容易《たやす》い。だが、それすら嫌になることはある。こんな子供が体の一部を損壊させてまでやってきて、人生を賭けようとする。だが、ここに未来がないことを裏雲は知っている。この手で壊している最中だ。

「いえ、決してそのような」

涙目で訴える少年の胸ぐらを摑み、裏雲は耳元で囁いた。

「何かあっても後宮の美姫《びき》たちは富裕な商人の妻などに収まることも可能だ。だが、我ら宦官はそうもいかない。異動が叶《かな》うなら、その手に技能がつくところにしなさい。腰巾着はつぶしが効かない」

手を離すと、裏雲は優雅に微笑んでみせた。

「では、明朝伺うと丞相閣下にお伝えください」

そのまま裏雲は後宮の私室に向かった。月帰が気付いて部屋で待っていることだろう。

庚の後宮の一角とはいえ、ここは裏雲の部屋だった。羽を伸ばすこともできる自分だけの空間。惜しむものがあるとすれば、この部屋くらいだろう。

(……飢骨)

韻郡はそこまで飢餓が迫っているということか。裏雲の怨嗟《えんさ》は広く民にまで及んでおり、そんなことは気にもしたことがなかった。

(なるほど、王都には出たことがないからここで暮らしているとまるで伝説の魔物だ。だが、飢骨ほど恐ろしいものはない。それを庚王は利用した)

飢骨とは飢餓で死んだ者たちの変わり果てた姿。悪政の象徴とされてしまう魄奇《はくき》。飢えは収まらず、動くものは何でも口にするが、とくに人を好む。骨しかないのだから喰らえば、ただばらばらと無残な死体が落ちてくるだけ。ただ喰らう行為に意味があるのだろう。

灯《あか》りをつけると、寝具の上でとぐろを巻いている蛇は艶やかな光沢を放つ。

「奴の塩梅《あんばい》は？」

「良いわけないでしょう。陛下は今にも臓物まで吐きそうよ」

女に化身した月帰が答える。

「まだ死なせないように」

庚王の前に片づけておかねばならない者がいる。

「毒を加減するのは意外と難しいの。もっと労《いたわ》ってほしいわね」

髪を掻《か》き上《あ》げ、寝台に腰掛けたまま振り返った。その悩ましい姿はまさしく傾国の美女と呼ぶに相応《ふさわ》しい。

「宝石や着物を土産に持って来ても月帰は喜ばない」

「私は飾り立てなければ光らないような人間の女じゃないもの」

「月帰、君が手に入って私の目的は明確な形をなした」

「なら、もっとかまって。あの猫ばかり連れて行くのはちょっと悔しいわ」

「今は後宮の外にも用があってね」

「こっちにも気を配ってよ。ねえ、私、調べられているみたい。氏素性、誰の口利きで後宮に入ったか」

孫江亥の手の者だろう。そのへんはとっくにお見通しだった。だからこそ、あの男を片づけなければならない。

「月帰が案ずることはない」

「もうじき終わるんでしょ。それでもっと一緒にいられる。猫がちょろちょろするくらいは我慢するわ。ねえ、今夜はここにいていい？」

「それは危険だな。君は王の一番のお気に入りだ。いつ呼ばれるかわからない」

「あいつ嫌いなのよ。寝物語は最悪。城の者たちの首をどんなふうに刎ねて積み上げたとか運ばれてきた王太子の首を蹴ってやったとか、私でもうんざりよ。じゃあね、しょうがないから戻るわ」

本性に戻り、床下から出て行く月帰を見送った。

彼女は今裏雲がどんな顔をしているか気付かないまま出て行った。誰にも見られたくない顔だった。

「飢骨か……悪くない」

湧いてくる黒いものは尽きることがない。

七

丞相の言うことはいつも同じ。ただただ愚痴と不満と願望だけだ。

陛下は見る影もない、あれではいつ何が起きても。それなのに罵倒だけはしてくる。おまえなどには任せておけん、孫江亥を呼べ、あの男なら——近頃はそればかりだという。

『孫江亥に大将軍と丞相を兼任させたいのだ、陛下は』

頭を抱える丞相はおまえならわかってくれるだろう、と裏雲を見上げる。

『陛下は何もわかっていない、軍人に政治などできるものか。とくにあの男は命令をきいて戦うしか能がない。昔から綺麗事しか言わぬ愚か者だった』

『考えすぎではありませんか。将軍にはそのような野心などありますまい』

一応そう諭しておいたが、それは形ばかりのこと。孫江亥がいかに丞相の地位すらもおびやかす存在であるかを時間をかけて吹き込んでいったのは裏雲である。

軍部に力を与えすぎることの危険は庚王も承知している。丞相と大将軍を兼任させるなどありえないことであった。だが、すっかり疑い深くなっている丞相を操るなど容易い。

『将軍になくとも陛下にはあるのだ。陛下は国政がうまくいかないことを私のせいにばかりしてきた。丞相を替えれば、良くなると思い込んでいる。気に入らぬ者は殺してばかりのご自分の無能を棚に上げっ』

口を滑らせてから、丞相は慌てて裏雲の顔色を窺った。

『いや、私は何も言ってない。おまえも聞いておらんな？』

『ええ、聞いていません』

優雅に微笑んで安心させてやる。

『越の密偵が入り込んでいると言われておるのに、陛下はまるで気が回らぬ』

『密偵なら燕からも来ているでしょう。そんなものです』

『越は特別だ。なにしろ正王后が十三代徐王の姫だったのだからな。逃亡した寿白が頼ろうとしたのも間違いない。国境を押さえて阻止できたが、正王后自身が庚を滅ぼした上で徐の継承権を主張してこないとも限らないのだ。そうなればこの国は越に併合されてしまう』

丞相は爪を嚙んだ。

越に併合とは面白い。いっそ、この国にとってはその方がいいのかもしれない。もっとも越にとっては逆に迷惑なことだろう。国というものは大きくなれば良いというものではない。

『越といえどそこまで余裕はありますまい。徐でもよそに輿入《こしい》れした王女に継承権はなかった筈。なにより越は屍蛾の襲来があります。それに孫将軍のことはご案じなされずともよろしいのではありませんか。武人とはいつなんどき、討ち死にしないとも限らぬものです。今も遠征なさっているのでしょう、閣下のご命令で』

裏雲はそれとなく丞相に示唆した。

たとえばあの小隊に将軍暗殺の命を受けた者がいたとしても、裏雲には関係のないこと。

それでも孫江亥は小者に簡単に殺されるような男ではない。副官の孔丕承も充分警戒していることだろう。丞相は逆に自らの策が露見することが不安でならないらしい。人を使うとはそういうこと。

『やはりおまえは恐ろしい男だな。もう良い、下がれ。どいつもこいつも……役にたつのかたたないのか』

丞相は呼びつけておいて追い払った。

裏雲を味方につけたいのだろうが、それも不安でできない。なかなか複雑な心持ちに陥っているようだ。

（人が信じられないなら、自らが手を染めるしかない）

私のように。

今日は昼前にそんな不毛な会話をし、暗くなった頃には宇春と朱可のいるところに戻ってきていた。街道を通る分には見つけ出すのはそこまで難しくない。猫になった宇春の目はよく光る。

しっかり朱可を見張ってくれていたようだ。朱可の方はどこかそわそわと落ち着かない様子で、裏雲にできれば戻ってほしくなかったと見える。〈秘宝〉が近づいているということだ。

移動をすれば多少は疲れる。裏雲は山の麓で美しくもない月を眺めていた。

明日は中腹まで登ることになる。孫江亥の小隊と鉢合わせしないよう気をつけて登らなければならない。

「ねえ、どうやってこんなにすぐに行ったり来たりしてるの」

戻って休んでいた裏雲に朱可は何度目かの疑問をぶつけてきた。信用できないうるさい女だが、謎を謎のままにしておくのを良しとしない性格は史述家に向いているとも思える。

「やっぱり……若くても翼仙？　でも、それはないか。白翼仙は人の世のことに関わらないんだものね。あれはすでに天の一部みたいなもので」

翼仙は天の一部。確かにそうだろう、翼を授けるなど天でなければできないこと。白翼仙は万に一人もいない存在。

裏雲の師匠侖梓《ろんし》もそうだった。

山中で一人暮らし、浮世との関わりを避けながらおのれの道を究めていた。侖梓は堕《お》ちた子供など拾わなければ良かった。

その子供は生きていない方が良かったのだから……

「史書に翼仙のことも書くのか」

「あまり書く必要はないんじゃないかと思う。歴史は人が歩んできた道だから」

「なるほど、翼仙は人とは言えないな」

あの知識、懐の大きさ。もはや国の枠にはなかった。

「眠くなってきたわ。歩きっぱなしだもんね。明日は必ず見つけてみせるわ」

「火の側で寝るといい。私は向こうにいる」

そう言って裏雲は焚き火から少し離れた。

静まり返った山を真っ黒な帳《とばり》が包み込む。草の鳴る音も鳥の羽音も聞こえない。

うるさいくらい話し続けていた朱可はもう眠ったようだ。父親と祖父の冒険譚《たん》は面白くないこともない。暗魅に追われて逃げ回ったの、密偵と疑われ投獄されたのとネタは尽きなかった。こちらに対して警戒心が消えていなかった筈なのに、あれだけ打ち解けたように見せたのは……

「裏雲」

宇春がやって来た。

あえて焚き火から離れていたが、動きがあったようだ。

「朱可がいなくなった。用を足してくると言って戻ってこない」

あの女は裏雲から逃げる機会を探していたのだ。〈秘宝〉とやらを横取りされるのではないかと、ずっと警戒していた。だから、こちらはあえて隙を作ってやった。

(私は誰も信じない)

朱雀玉は殿下だけのもの。

「そろそろかと思っていた」

「探すか」

猫ならば夜の山でも目が利く。見つけられるだろう。

「いいや、その必要はない」

いましばらくは泳がせておく。

今宵はゆっくり休むべく、裏雲は焚き火に戻った。

第三章

一

瑞英正王后《ずいえいせいおうごう》はふんと鼻息も荒く、腕を組んだ。

昨日は文官の長たる官吏長が、今日は軍を束ねる将軍が、それぞれにやって来て面会を申し入れてきたが、蹴散らしてやった。

争う二人の王子の身内が毎日のようにやってきては支援を求める。

どちらも徐《じょ》が滅んだ今、正王后陛下の顔色を窺う必要はありますまい、とほざいていたのに。夫の寵姫《ちょうき》が産んだ王子たちで瑞英とは血のつながりがない。互いに情があったともいえない。用済みと思っていたのかもしれない。

(可愛《かわい》らしい子たちではあったが……取り巻きが悪かった)

一の宮と二の宮。幼い頃から知っているだけに、悪くは思いたくない。同じ日の同じ時刻に別の腹から生まれた王子だけに面倒なことになってしまっただけだ。彼らにしても実母でもない正王后は距離の難しい相手だっただろう。無理して付き合うこともない。

ところが王の病状が進み、意識すらなくなってからというもの、やはり正王后を抱き込むしかないと考え直したらしい、貢ぎ物を持って来るわ来るわ。

国を失う――あの者たちはその悲しみを知らない。玉座を争い、国が割れて良いことなどあろうか。

報われないことばかりだ。だが、嘆いてばかりはいられない。徐から国を奪った山賊王は術師を処刑し続け、民の口も塞《ふさ》いだ。

上の悪口を言えるというのがどれほどありがたいことか、あの国の民も身に染みていることだろう。

「ご機嫌斜めですかな」

周文《しゅうぶん》がのっそり入ってきた。

「わらわの部屋に取り次ぎもせず来るのはおぬしだけじゃな」

「正式に執務に戻るので、今日明日中に伺うと連絡は入れましたが」

老丞相《じょうしょう》は許可も得ず、王后の前の椅子に腰をおろした。

「加減は良いのか」

「この歳ですから、どこもかしこも悪いのですよ。だが風邪は良い病です、たいていちゃんと治る」

目の前の老人を随分こき使い続けた。これほどできる男はいなかったのだから、仕方ない。

「後継や近づく屍蛾《しが》の襲来など話しておかねばならんのだろうが、今は〈天下古今〉なる史書の話をしたい」

「私もですよ。それこそはこの周文の夢でもありましたから」

「丞相の夢を託された潘《はん》家もいい迷惑だな」

正王后に手厳しく言われると、周文は苦笑いをした。

「まったくです。だからこそ、孫娘は死なせたくない。胡東《ことう》と道慶《どうけい》へのせめてもの罪滅ぼしですよ」

「しかし、越《えつ》の史述家で権力者に阿《おもね》る気はない者など、どの国でも見つかり次第首が飛ぶ。書物にする気でいるのだから密偵より悪かろう」

庚《こう》や駕《が》はもちろん、燕《えん》でも同じだろう。あそこは飾り物の女王ではなく、摂政《せっしょう》家が暗殺を司《つかさど》っている。

「徐はともかく、庚ですから、手形なしの他国人など赤子でも殺されるでしょう。密偵は手形を整えていますが、見つかれば客死という扱いになるだけ。一刻も早く届けば良いのですが。無事なものやら、気になって夢に見ます」

「そうであろうな、なんといっても若い女が一人で無茶な旅をしているのだ。しかし、庚王は足下が見えていないのではないか。辺境ではまた干ばつが起きておるのに手も打ってない」

こくこくと周文は肯《うなず》いた。

「どうやら、庚王はかなり塩梅《あんばい》が悪いとか」

「おぬしの密偵の情報か。何人おるのじゃ」

「陛下も子飼いの密偵をお持ちだ。このたびは世話になりそうですな」

周文は他国の情勢を知り、外交や商用に生かすため。王后の方はどちらかといえば個人的なことと言えるだろう。徐の王族などが残っていないかを調べてもらうのが最大の目的だ。周文もそれは承知している。

「あの者に連絡はついたが、広い国でただ一人の女を見つけるのは至難であろう。どこまで期待できるか」

「王后陛下の獣心掌握術、お見事でございます。草の者すべてに身につけさせたいものですよ」

「できるものか、徐王家の秘術だからな」

少しばかり自慢してやる。実際、この術は血統がものを言う。それにこちらも教えることができるほど身についているわけではない。

「朱可《しゆか》に路銀と手形が届けば良いのですが」

「それぱかりは祈るしかない。祈りもたまには天に届けばいいが」

徐が勝つことを祈った。そのあとは寿白《じゆはく》の無事も祈った。叶《かな》わぬことばかりだ。

「良い術です。非常に実用的ですな。この術が使えるお方が陛下の他にもういらっしゃらないというのが残念です。徐の王族はやはりすべて……？」

「庚王は徹底して王家の血を絶やしたようだ。継承権のない降嫁した姫の嫁ぎ先までな。韻郡《いんぐん》には私の姉が嫁いでいて、子や孫もいたがそこにまで庚王の手が伸びたそうだ」

「姉上が……それは無念でしたでしょう」

「なに、姉はそのときにはとっくに死んでおった。子らとは面識もない。姉は宥韻《ゆういん》の大災厄で滅んだ韻王朝の血を引くとかいう辺境貴族の男と大恋愛してしまって、わらわが越の王太子に嫁ぐ羽目になった。女の運命などいつも男次第よ」

「そうでもございますまい。王后陛下には我ら男もきりきり舞いさせられておりますから」

「もっと振り回してやりたいものよの。とくに我が祖国を奪った男には」

周文といると、こうも本音が漏れる。

「庚は荒れ果てております。王都はまだなんとか持っていますが、地方は見る影もない。いずれ、もう一波乱あることでしょう」

「庚王など許してはおけぬが、民がこれ以上苦しむのは忍びない。あの国はどうなることやら。何故こんなことになったのか、今でも信じられぬ」

争いはまだ終わっていない——それが周文の考えだった。おそらく燕国も同じだろう。未だ、商用での出入りも最小限に止《とど》めている。

「庚の男子は幼い亘覧《こうけん》王太子一人。早い時期にもしものことがあればすべてが崩れます。そうなると再び争乱となるでしょう」

「返す返すも寿白さえ生きてくれていたら。越は助けられなかったものか」

「表だっては難しかったと思います。内々にお助けする道を探したのですが、あんなときばかり一の宮と二の宮の勢力が結託しまして、妨害を受けたのはご存じでしょう」

「奴《やつ》らめ、忌々《いまいま》しい」

膝を打ち、瑞英は立ち上がる。

「徐を想う者はもはやわらわしかおらんのか」

そう思うと悔しい。だからこそ、徐を史書に記さなければならない。何も嘘《うそ》を書けとは言っていない。事実でいい。いや、事実がほしい。庚などに穢《けが》れた史書を書かれないうちに。〈天下古今〉は王后と周文、この古狸《ふるだぬき》二人の最後の謀《はかりごと》となろう。

「あの陛下の密偵……謝楓《しやふう》と言いましたか、あの少年は徐の者では」

「ああ、そうだ。落城からの騒ぎで徐の辺境から隣国へ逃れようとした者たちも多かっただろう。そのときの難民でな。わらわの権限で親を亡くした子供を保護したのは覚えているな。その一人だ。非常に使える者となり、半年ほど前から庚に入ってもらっていた。謝楓には兄弟がいて、離ればなれにはなったが、生きてはいないかと一縷《いちる》の望みを持っていた」

周文の密偵と違い、謝楓は概《おおむ》ね自由にやっている。ひたむきで口数の少ない少年で、特別に獣心掌握術を教えたこともあったがうまく身につかなかった。

「それで自ら庚に潜入することを志願したわけですか。痛ましいことだ」

「会えるかもしれん。無事に会えてこんな仕事をやめてくれるなら、それが一番であろう。面白い情報もあった。どうだ、密偵をうまく使うのはそなただけの得意技ではないぞ」

「どのような?」

「あの内戦のおり、庚側で残虐非道な振る舞いをした連中が次々と死んでいるらしいとな。その数、十や二十ではないらしい。隠してはいるようだが」

老いた周文の目に輝きが戻ってきたかのようだった。

「それは確かに面白い」

「そうであろう。誰か復讐者《ふくしゅう》がおるのかもしれん。確かにまだ波乱はありそうだ。それもまた歴史。朱可には見定めてもらいたいものだな」

瑞英は窓を開けた。王后の庭は冬ごもりをしているが西南の空が明るく開けている。冷たい風を受け止め、瑞英は笑った。

「徐は死んではおらんのかもしれん。年甲斐《としがい》もなく期待してしまいそうだ」

二

冗談じゃない。

裏雲《りうん》なんかと一緒にいられない。必ず〈秘宝〉を奪われる。奪い合いになれば、暗魅《あんみ》を味方にしている男に勝てるわけがないのだから。裏雲はこちらが探し求めているものに関心があるからついてきている。おそらく朱雀玉《すざくぎょく》ではないかと考えているだろう。

あんな油断のならない男はいない。母も常々顔がいい男には気をつけろと言っていた。裏雲にも思い入れがあるのだろうが、父が隠したものを盗《と》られたくはない。

朱可は道なき道を進み、ひたすら山道を登っていた。

猫の暗魅がどこまで鼻が利くものかはわからないけれど、犬以下であることを期待する。

とはいえ、深夜から歩きづめで朱可の足も限界だった。草木を分け入り、視界が開けた岩肌に出た。

少し腰をおろし、足をさする。天下四国《てんげしこく》を自分の足で一周しようなんて酔狂な女はきっと私が初めてだろう。女とは総じて冒険に向かない環境に置かれている。〈天下古今〉とは別にこの冒険譚も書いてみようかとちらりと頭をかすめる。案外そっちの方が人気が出そうだ。

(生きて戻れたらの話)

もうこんなに越が懐かしい。厳《いか》めしい建物、勤勉な人々、美味《おい》しい味噌《みそ》煮込み。良い国だった。だからこそ、越の歴史だけでは駄目なのだ。

天下四国をすべて廻《まわ》る。すべて書き留める。できることなら大山脈を越え、異境のことだって知りたいが、それはもう来世にでもとっておく。

空は澄んで眺めが良かった。山の裾野までよく見える。

「……うそ」

人の列が見えた。あれは兵士たちだ。

徐の秘宝を探しに孫江亥《そんこうがい》将軍の小隊が来る――裏雲が言っていたことは事実だったらしい。

もう休んでいる暇はない。這《は》ってでも先に行かなくては。朱可は軟膏《なんこう》を塗った足に履物を履き直すと、草木の中に戻った。

秘宝は誰のものか。もちろん、寿白殿下のものだろう。しかし、彼は死んだ。ならもう持ち主はいない。早い者勝ちだ。

でも、もし〈玉〉だったら？

庚王がここまで兵を遠征させたのは〈玉〉だから。そう考えれば辻褄《つじつま》は合う。裏雲が手に入れようとしているのも。

（もし、朱雀玉なら王后陛下に献上すればいい）

陛下は徐国の姫君だったのだから、それが筋だろう。せめてもの慰めになるに違いない。

たぶん隠し場所は見つけ出せる。しかし、その正確な中身は知らない。潘道慶の手記には〈秘宝〉の詳細は書かれていなかった。

朱可、おまえなら読めるだろうか。最後の手紙をこんなひどい字で送らなければならないのは悲しいね。しかし、誰にも読まれるわけにはいかないのだ。お父さんはどうやらもう駄目なようだ。良くない病に罹《かか》ってしまった。逃げる途中、庚の兵に背中を斬られてしまったせいだろう。その傷が膿《う》む。さて、死後はどこに行くのか。それとも死とはそれっきりなのか。いや、こんな話をしている余裕はない。

越の御用商人に数冊の帳面とこの手紙を届けてくれと頼んだ。無事に届くことを祈るしかない。幸い我が家も王都にあり、そう面倒でもない。頼んだ相手は善良だ。もちろん、有り金は全部くれてやることになるがね。

徐国……今は庚と呼ばねばならないだろうか。庚はひどい国だ。たった一人の可哀《かわい》想《そう》な子供を追い回し、首《しるし》を上げようとやっきになっている。それがもう三年以上。逃げる王太子殿下を仕留めるため、村も田畑も焼き、どれだけ大地は荒らされ血が流れたことか。

この国を出ることはできそうにない。特に越への出入りは厳重だ。何しろ、殿下の大叔母にあたる王后陛下がいらっしゃる。頼っていくことは庚軍にもわかりきっている。

特別の手形を持つ御用商人だけはなんとか通れそうだ。同じ越の者だと知ると匿《かくま》ってくれた。だから私は彼に託す。

我が娘、朱可よ。女のおまえに無理強いはできまい。だが、もし志があるなら――〈天下古今〉を託そう。

私は逃亡中の寿白殿下に偶然お会いした。

二十数人いたという小隊はもはや何人も残っていない。徐国一の武将であった趙将《ちょうしょう》軍も疲れきっている。

憐《あわ》れな殿下は巾着袋を私に渡した。どこかに隠してほしい、これだけは敵に奪われたくないと。

それが何かはわからない。私は中を改めなかった。これは少年の最後の願いなのだ。寿白殿下はもはや生きられないことを達観していた。

私が史述家だと知ると、「寿白は徐と友を愛していた」とだけ、その史書に書いてほしいと言った。いじらしい少年であった。

私は殿下の願いを叶えるべく、山中にその宝を隠した。受け取った巾着袋の中身は丸いもののようであったが、私はそれをさらに小箱に入れ、眠りにつかせたのだ。どこに隠したか、それは帳面をよく調べるといい。おまえなら気付く。

それからまもなく私は殿下の悲報を聞いた。あの少年は趙将軍とともに死に、首級は王都に運ばれたという。

そして私も結局あとを追うことになりそうだ。

朱可よ、お母さんを頼む。周文閣下に私の死を報《しら》せてくれ。良き父になれず、済まない。

それが父道慶からの最後の手紙であった。

何度も読んで、もうすべて覚えている。手紙についていた血の染みまで。

天下四国はどこも大きな危機が迫っている。だからこそ、今を歴史として残す。記述者だから一介の民以上に関わりはしない。

そこに徹した人だった。

それでも偶然出会ってしまったというなら、それは縁。寿白殿下の願いをきいてやりたかったのだろう。

父の縁を見届けるのだ。

殿下から預かったものは丸かった――父は漠然と玉ではないかと思っていたに違いない。だが、断定はせず徐の〈秘宝〉とだけ記した。

朱可は山を登った。幸いこの山では暗魅を見かけることもない。かつて大きな寺院があっただけに、御利益が残っているのだろうか。ただし、獣はいるようだ。弱っているところを見せれば上空を旋回する鳥についばまれるかもしれない。

庚の軍隊も来る。裏雲と宇春《うしゅん》も来る。これはもう三つ巴《みどもえ》の争奪戦。負けるわけにはいかない。

「……恐ろしい男」

朱可は二日前の裏雲と宇春の会話を聞いていた。

『また誰かを殺すのか』

『殺すとも、生きている限り』

当然のことのように答えたあの冷たい声に心底震えた。

あれは魔性。もはや人ではない。あの男は親切心で朱可についてきてくれているわけではないのだ。

〈秘宝〉を狙っているのは間違いない。朱可が書いた文字は略字すぎて誰も読めないだろう。大切なことを隠すための知恵だった。だが、あの男ならそれくらい読めたのかもしれない。王都で情報を仕入れていたかもしれない。

おそろしく切れる男だ。

秘宝のために最後は私を殺すかもしれない。躊躇《ためら》い一つ見せずに、裏雲ならやるだろう。

宇春は使役されているのだから、止めもしないに違いない。あんなに可愛らしくても裏雲の猫だ。

負けるものか。出し抜いてみせる。

なんといっても隠し場所を特定できるのは私。奴らは遺跡をうろうろするしかできない。早く見つけて山を下りれば、こちらの勝ちだ。

寿白王太子殿下。悲劇の子供。その遺志は決して粗末にはしない。

朱可は太陽の位置を確認し、方角を見極めた。ここらへんは父に教え込まれていた。自分の目と足で確かめていくやり方は言ってみれば冒険家と変わらない。生き残る術《すべ》を叩《たた》き込《こ》まれた。無理強いはしないと言っていた父だが、娘が跡を継ぐという自信があったのだ。

太陽が正中した頃、朱可は目的の遺跡を目にした。

すっかり壊れた石造りの建物の跡。朽ちた木造の塔。ここには人が生きた痕跡がしっかりとあった。

小さな集落ほどの広さがあり、最盛期には百人以上いたのではないか。天下四国の歴史を記すのが務めだが、それ以前の遺跡であるここのこともできれば調べてみたい。しかし、今はそんな余裕はなかった。

裏雲たちと庚軍が来る。

父が残してくれたものは図面であった。帳面の四頁目と七頁目には折り目がついていて、そのとおりに折れば図面になる。父はこうしたちょっとした遊びが好きだった。

中央にある丸い石畳は色違いになっている。跪《ひざまず》き天への祈りを捧げた場所。ここより南へ十三歩。西へ六歩。崩れた岩壁に突き当たる。すでに苔《こけ》むしているが、おそらくここだろう。

手をつける前に、朱可は辺りを見回した。誰もそばにはいないようだ。足音もしない。宇春が近づいているかもしれないので、瓦礫《がれき》の陰に隠れていないかも確かめた。

石を除くと、穴が空いているのが見えた。這って行かなければ進めないような穴だが、秘宝はここを越えた先にある。

途中また石で遮《さえぎ》られていたが、四つん這いのままそれも避ける。思った以上に長く、ここで倒れたらもう死ぬしかないと思うと恐ろしかった。なにしろ真っ暗で先が見えない。

（どこに通じるんだろう）

後ろ向きで戻るのは難しい気がする。こんなところに隠した父を恨みたくなってきた。でも、ここまで来たら行くしかない。

ようやく明かりが見えてきた。出口はちゃんとあったのだと思うと、半ば泣けてくる。

「え……？」

見えたのは穴の先にある青空とわずかな空間であった。

人が座ることができる程度の突き出た岩があるだけで、地面と呼んで差し支えないようなものではなかった。

「なんで、どこにあるの、隠せるところなんてない」

這い出てくると、朱可は手探りで探したが、埋められるような土ではない。それなりの道具で打ち砕かなければ穴など空けられない。だが、ここでそんなことをすれば足下から崩れてしまいかねない。

「父さんはいったいどこに……？」

目も眩《くら》むような高さだった。どうやら穴を通って南西側に抜けたようだ。なんて意味のない抜け道だろうか。落ちたら死ぬだけだ。

見れば石の祠《ほこら》の一部らしきものが落ちている。ここもきっと祈りの場だったのだ。一人で静かに天と対話するための場所だろう。熱心な信者とは時として無茶をするもの。信仰とは山に穴を空けるほど強いらしい。

跪き、祠のあとを手で確かめる。どこかに小箱を隠せるほどの穴があるはずだ。落ちそうになるが、ここまで来て怯《ひる》むわけにはいかない。きっとあると信じて、朱可は腹ばいになると見えない岩の裏に手を伸ばした。

「あるっ」

ちょうど右側に石で蓋をされた穴があるのがわかった。石はきつくはまっている。歳月のせいかもしれない。奥歯を嚙《か》みしめ、力を入れ石を引っ張り出した。石を取り除くと穴の中に手を突っ込む。蛇でもいたらどうしようかと恐ろしいが、度胸を振り絞り手探りする。

「あるあるっ」

箱の感触が確かにあった。引っ張り出して、朱可は両手で高々と掲げた。古い漆塗りの小箱はぴったりと閉まっていて、中を雨や湿気から守っていたようだ。

「やった……やったわ――えっ？」

背後から何か大きな鳥のようなものが飛んで来たと思ったら、掲げていた箱を摑《つか》まれ持って行かれた。

巨大な鳥なのかと思ったら、そうではなかった。目の前に裏雲が浮かんでいる。大きな黒い翼を拡げて……

「鳥じゃない」

「見たとおり」

「黒翼仙《こくよくせん》なの」

そんなものが本当にこの世にいるなんて。

「そう。あなたのあとをつけてきて、空高く見守っていた」

空に浮いたまま、裏雲は小箱を懐に入れた。

「返してよっ」

声の限りに叫んでいた。この薄汚い、最低の、腐った黒い翼の男に。

「これは徐の秘宝なのだろう。あなたのものではない」

「自分のものだっての？」

この男は徐王族の縁者だろう。それを主張されれば言い返しづらい。

「さあ……気になるところだ。少なくとも庚王には渡せないのでね」

「渡さないから、返して。父が遺《のこ》してくれたのっ」

「国に帰ればいい……あなたには帰る国がある」

飛び去ろうとした裏雲を逃がすまいと、朱可は飛んだ。落ちたら死ぬのはわかっていても、ここまで来て黒翼仙なんて化け物に父が遺してくれたものを盗られるなんて絶対に嫌だった。

黒翼仙とはこの世で何よりも忌むもの。

暗魅よりも魄奇《はくき》よりも。

よくわからないが、そう言われている。天に仇《あだ》なす最悪の怪物。そんな奴に秘宝を奪われていい筈《はず》がない。

朱可は飛んで――墜《お》ちていった。

三

まったくなんという女だろうか。

裏雲は呆《あき》れきっていた。よりによってあの場で飛びつこうとしたのだ。山の中腹に突き出た岩肌からだ。

放っておくべきだった。もはや朱可に価値はない。事実だけの歴史書を書くなどと言っていたが、できるわけがないのだから。

そこに主観が入らないわけがない。それが人というものだ。かりに徐へ愛着を示してくれたとしても、それはそれで間違っている。徐国はいくつも失敗した。終わりの方は役人たちの腐敗もひどく、干ばつからくる飢饉《ききん》に有効な対策をとれなかった。そのため民は飢えて死に、飢骨《きこつ》となって更なる被害者を増やした。

それは事実なのだから。

山賊ごときに付け入られた。わからないのはあの山賊たちに何故《なぜ》あれほどの資金があったかという点だ。もし、時代が殿下の成長を待ってくれたなら、違っていただろう。

どのみち史述家などになんの期待もしていない。それでも助けたのは結局くだらない感傷からだった。

谷に落ちて倒れていたところを翼の者が見つけるという――それこそ過去の感傷以外のなにものでもない。

寿白の影武者となって目につくように逃げた趙俐諒《りりょう》は追い込まれ、崖から落ちた。川に流され、岩に引っかかっていたところを白翼仙に救われた。侖梓《ろんし》というその白翼仙は憐れな子供の怪我《けが》を癒やし、匿い、弟子としてよくしてくれた。

そして、その弟子に殺された。

その負い目があの女を見捨てることを許さなかった。帳面に書かれた記述が気になったのはそのあとの話。

なのにまた同じことをした。

我ながら呆れる。箱を取り戻そうと飛んだ女を助けるために裏雲は急降下した。懐に入れた小箱が落ちてしまっても、女の方を選んだ。

岩肌に叩きつけられるより先に、女の足を掴み、翼を羽ばたかせた。まるで宝物のように女を抱きかかえ下りるしかなかった。

馬鹿女は呑気《のんき》な顔で気を失っていた。

「縛り上げておくのは可哀想ではないか」

後ろ手に縛られ倒れている女を見て、宇春は少しだけ主人に抗議した。どうやら朱可に対しても多少の情が湧いてしまったらしい。

「この山には孫江亥の小隊が入った。うろちょろさせたら、捕まるのがおちだ」

「では、これは裏雲の温情なのだな。しかし、手が使えないと水も食事もとれない」

「腹が減ったと言ったら、口に鼠《ねずみ》でも突っ込んでやればいい。私はあの箱を探しに行ってくる。見張っていてくれ」

女と少女を残し、裏雲は草木の中を歩き出した。落ちたところはこのあたりなのだから、歩いて探すしかない。上からの捜索は一通りやったが、成果を上げなかった。となれば足が頼りだ。

小箱の中身が無事なのかが気になった。あの高さから落ちたのだから、どうなっていることやら。

殿下が遺したものは持っていた宝飾品なのかもしれない。あの小箱にはそのくらいの重さはあった。だが、何か手紙でも入っているのではないかと期待する自分がいる。まして、もし本当に朱雀玉であったなら、誰にも触れさせたくはない。

(必ずこの手に……)

いつか誰かに見つかったときには裏雲はもうこの世にはいないかもしれない。そうなれば庚王の手に渡るだろう。そのときの庚王は王太子亘筧か。山賊が父親とは思えないほど亘筧は心根の良い子だ。だが、庚という国の玉ではない。あくまでも徐の玉である。

天に返す方法があるならそうしてもいい。長くない裏雲では持ち続けることはできないのだから。

それが叶わないなら央湖《おうこ》へ落とす。天下四国の中央にある黒い湖なら一度沈めば浮き上がってくることもないだろう。

孫江亥の一団はそろそろ遺跡に到着しただろう。簡単に塞いではきたが、おそらく穴に気付く。そして穴の先に秘宝がないことを知る。普通ならここで諦めるところだが、孫江亥はそんなに温《ぬる》い男ではない。

奴は庚軍にあって他に類を見ない武人の中の武人。

おそらく足跡などから今日起きたことをいくらか察するだろう。あの女が落ちるときに盛大に上げた悲鳴も聞こえたのではないかと思う。

となれば山中を必ず捜す。数が多いだけに一気に向こうが有利になるのだ。

孫江亥将軍は裏雲にとって因縁の相手でもある。江亥は気付いていないだろうが、放ってはおけない存在だ。

革命軍を気取り狼藉《ろうぜき》を働いたというなら、とっくに遠慮なく殺していた。そうでないから扱いに困る。

だが、すでに大詰め。王はいつでも殺せる。だからこそその後のことも考えておかねばならなかった。

(孫江亥がいれば、幼王でもなりたつかもしれない)

つまり庚は存続可能だということ。

それは裏雲の目的に反する。王を殺し、庚を滅ぼす。あとのことはどうでもいい。寿白への弔《とむら》いはそこまでやって初めて終えることができる。あとは殿下の御許《みもと》に行くだけ。

孫江亥を殺す機会を考えていた。今がそのときかもしれない。

丞相に求心力などないが、孫江亥が大将軍になればこれほど悪政を続ける庚も変わらないとも限らない。

徐は滅んだが、庚も滅ぶ。裏雲の復讐はある意味未来までも続いていたのだ。天下古今という史書ができるというなら尚更《なおさら》のこと。

その史書には庚は非道な悪政で十年で滅んだと記述されなければならない。あの女にもその役目を果たしてもらうために生きてもらおうと思った。憐れんだわけではない。

そしてそれはあの女の望む事実の羅列になる。

黒い翼は裏雲を蝕《むしば》んできた。今や指先まで闇に染まっている。空も花も美しくない。殿下を殺した責めはこの国のすべてで贖《あがな》ってもらう。

片手に乗る小箱など山の中でそうそう見つかるわけもない。これはまた山中で野宿しなければならないだろう。あまり後宮を留守にすると丞相らに不信感を与えてしまう。

なにもかもあの馬鹿女のせいだ。

地面を見下ろし、枝に引っかかっていないかと上を見上げる。獣にでも咥《くわ》えて運ばれていたらお手上げだ。

見つからないまま日が暮れ、裏雲はやむなく宇春のいる場所に戻った。

「逃げないから外して」

朱可はむっつりと言った。後ろ手に縛られたまま、裏雲を見上げてくる。

「逃げないのは逃げても得になることがないからだろう」

裏雲は木の幹にもたれ、目を閉じていた。黒い翼を背負っていても疲れないわけではない。

「そうよ。お互い、この山のどこにあの箱があるかわからない。手を組もうよ。私に必要がなければあなたに渡す。朱雀玉なら私がもらう筋合いじゃない。でも、父が遺してくれたから、私にも思い入れがあるの。絶対に捜さなきゃ」

「なるほど。最初からそういう交渉をすべきだったな」

傍《かたわ》らで眠る猫を撫《な》でながら答えた。今は朱可と話すのも腹立たしい。本当に許せないのは選択を誤ったおのれに対してだったかもしれない。この手で摑むべきはこの女の足ではなく、あの小箱だった。

「だって裏雲のこと全然信用できなかったもの。随分人を殺しているって言ってたし……怖いよ、そりゃ」

「今は信用できるのか。私は黒翼仙だ」

朱可は考え込んでいるのか、すぐには答えなかった。

「……わからない。黒翼仙なんてほんとにいると思わなかったわよ。でも……裏雲は私を助けてくれたんでしょ。あんなとこから真っ逆さまに落ちた私を。そのせいで箱が山の中に落ちた」

「判断を間違えた」

「間違えてくれてありがとう」

朱可を助けていなければ、今頃裏雲は〈秘宝〉と対面していた。朱雀玉なら胸に抱きしめることができただろう。

「……嫌な女だ」

「そうよ、私は嫌な奴。ねえ、寒いから火をおこしてくれない？」

「孫江亥の兵に見つかりかねない。我慢するんだな——宇春」

裏雲は猫の耳を軽く引っ張った。

「この女の懐に入ってやれ」

猫は体を起こすと、朱可の懐へと潜り込んだ。

「あったかい……宇春が私に乗り換えてくれればいいのに」

猫の温《ぬく》もりに満足したか、朱可はしばらく黙っていた。夜の山は穴の底の底のように黒い。今夜は月も見えなかった。

「ねえ、黒い翼って重い？」

「あなたは自分の手を重いと思うか」

「そうね。あんまりそんなこと考えないか。ねえ、朝にはほどいてよ。黒翼仙に逆らおうなんて思う馬鹿はいないから」

それっきり朱可は横になり眠ってしまった。懐から顔を出し、もう良いかと問い掛けてくる猫に夜の間は温めてやってくれと答える。

確かに朱可はもう逃げないだろう。秘宝だけではなく重大な関心事が現れたのだから。〈庚に復讐する黒翼仙〉という、またとない存在を目の当たりにしている史述家の目は恐怖を超えて輝いていた。

あと二年ほどで翼と共に焼かれる身ではその書物を読むことは叶わないだろうが、文字通り空に飛び出すくらいのぶっ飛んだ女の書いたものを見てみたい気はした。

朱可の情熱はなんと眩《まぶ》しいことか。

翌朝、朱可の縄を切り、箱探しに加えた。

朱可には宇春をつけておけばいい。逃げはしないだろう。秘宝の中身が知りたい筈だ。だが、山中では迷子になりかねない。

裏雲は一人になると失せ物探しの術を試みることにした。太い木に登り、胡座《あぐら》をかく。何枚もの葉を額に付け意識を移す。あとは風に乗せて捜させるだけ。

地仙《ちせん》でもできる簡単な術で、彼らの小遣い稼ぎになる。だいたいが、屋内でやるもので山のような広い場所ではさほど期待はできない。似たような術は多いが、術師がおおかた殺された庚国ではこの程度でも貴重かもしれなかった。

恩人であり師匠であった白翼仙の命梓は庚の術師狩りを嘆いた。これでは地仙になる者もいなくなる。そうなれば白翼仙もいずれ消えてしまうかもしれない。

白翼仙とは地仙として修行を重ね徳を積み、ついには天に認められた存在なのだから。

だが、白翼仙も所詮は天令《てんれい》と同じ。浮世に関わる気はない。高みから「仕方ない」で済ませてしまうような別次元の存在だ。

（殿下の玉であるなら……）

裏雲も一度しか見たことがない。

殿下と一緒に忍び込んだ天窓堂で眺めただけだった。それは鞠《まり》よりも小さく、水晶より輝いていた。

これこそが天が始祖王に賜った玉。子供心に感激したものだ。

朱雀玉は朱色の文様が中から浮かび上がるような綺麗《きれい》な玉だった。天窓からの光を受け、柔らかに周りを照らす。

駕には黒い玄武《げんぶ》玉が、越には青い青龍《せいりゅう》玉が、燕には白地に黒の白虎《びゃっこ》玉があるという。だが、きっとこれ以上優雅に美しい玉はあるまい。

代々王が継承していくこれらの玉こそ、天下四国の王の証《あかし》。

始祖王は玉を体に収めた。他に徐と越に一人ずつ、玉を体内に招き入れることができた王がいるというが、それは天が認めた名君の中の名君であるということ。

徐が滅びるとき、寿白は父王から譲位され天令が呼ばれた。そのとき玉は殿下の中に入ったという。

その場面を裏雲は見ていない。殿下の身代わりとなるべく、支度を整えていたのだ。だが、殿下が真の迎玉《げいぎょく》を果たしたと知るや、熱いものが込み上げてきた。命すら捧げて悔いはないと信じた殿下はやはり特別なお方だったのだと。

殿下の亡骸《なきがら》から零《こぼ》れた玉を残った者がたまたま出会った朱可の父に託したものなの

か。

（だとすれば、殿下は庚の兵に捕まり殺されたわけではない）

せめて玉を庚に渡しはしないと、越の者に預けたのかもしれない。

十一歳から四年間。殿下は死の行進を続けた。そして死期を悟ったのだ。それを思うと裏雲の胸は黒くなる。

あれほどの子供を絶望の中で殺した者たちを一人残らず切り裂きたくなる。黒い翼が語りかけてくる。

『おまえにはそれができる』と。

ここまで汚れても、裏雲は寿白を想っていた。

寿白の欠片《かけら》でも残っているというなら拾いに行かなければいけない。殿下の髪の毛一本、血の一滴まで私のものだ。

白翼仙を殺せば黒翼仙となる。

それを知ったときから、善良な少年は死んだ。

このときはまだ殿下は生きていた。助けにいける。この引きずっている足も治り、知識と術力と翼を得て、殿下を探し出し救いに行く。その希望の前には師匠を殺すという罪もいくらでも背負えると思ったものだ。

だが、見つけられないまま殿下は死んだ。

父趙将軍とともに都の大広場で首級を晒《さら》されたという。それを聞いて都へ向かったときにはすでに首は片づけられていた。

どこに移されたのかもわからない。おそらく間違っても残党に奪われないようにと、どこかに埋められたのだろう。

裏雲は宦官《かんがん》となった。

庚王を殺すため。庚王の犬たちも殺すため。

そして殿下の欠片を拾うため——

「裏雲、そこか」

宇春の声がした。

下からこちらを見上げている。あとから小箱を持った朱可が走ってきた。

「宇春、早いわよ」

「見ろ、枝に引っかかっていたのを朱可が見つけた」

裏雲の術より先に、朱可が見つけるとは。さすがに葉っぱとは執念が違う。

片手を上げ、術の終了を告げた。枯れ葉は落ちて終わりだ。すとんと地面に下りると朱可が見せる箱を見つめた。入れ替わっている様子もない。裏雲が一度懐に収めた、あの箱に間違いなかった。

「あそこから落ちていくとき、ずっとどこに箱が落ちたか見てたのよ。意識がなくなるまで。少し山に登って確かめたの」

「それはまたたいした執念だ。私は君を摑まえることに気がいってしまいすぎたようだな」

「黒い翼になっても育ちがいいようね。私はそうじゃない」

ずんと箱を差し出してきた。

「開けて見せてよ。私も見たいし、〈天下古今〉に記す権利くらいはあるでしょ」

朱可に急《せ》かされ、裏雲はその場に座った。これ以上落としたくはなかった。しばし、感慨深く箱を見つめる。

「ねえ、あなた寿白殿下のなに？」

「……乳兄弟《ちきょうだい》だ」

そういうことかと朱可は肯いた。

「早く言ってくれればいいのに」

「あなたが私を信じられなかったように、私もあなたを信じていなかった」

もうこの十年、誰かを信じたことなどない。

「……そうね。お互い様か」

「あなたの父上はこの箱を預かったときのことを記してなかったか」

「手紙があったわ。旅には持って来てないけどね。私もう、何度も読んで全部覚えているから、裏雲に教えてあげる。父はね、疲れ果てた少年……寿白殿下に直接会ったのよ」

裏雲は瞠目《どうもく》した。朱可はとうとう手紙を諳《そら》んじてみせる。まるで語りかけてくるように。潘道慶は寿白殿下にも趙将軍にも会っていた。それはもう逃避行の終わり、彼らがすべてを覚悟していた頃だろう。

「そうか、そんなことが……」

そのとき生きていたなら、殿下は何を預けたのか。死期を察して、玉を抜いてもらったのかもしれないが、他の物なのかもしれない。

「ごめんね、もっと早く教えてあげれば良かった」

「いや……こんな話が聞けたのはありがたい」

殿下の最後の願いを叶えてくれた者がいたことに感謝したかった。

(この中には何が)

殿下は何を残したのか。裏雲は箱の蓋に手をかけた。

「開かないな。年月が経ちすぎたか」

蓋を持ち上げても押しても、横に回しても、箱は中を見せてくれようとはしない。

「壊せばいい」

宇春の提案を裏雲と朱可はすぐに首を振って否定した。

「中のものに傷がつかない？」

「そんなヘマはしない」

裏雲は懐剣を抜くと、こじ開けることにした。空から落ちて損傷していなければいいが。朱雀玉の硬度などわからない。

「……この中に殿下の想いが」

逃げ続け、国を取り戻す重責を負わされた少年の魂があるのだろうか。それともただの宝石の類いなのか。

(なんであれ、私のものだ)

殿下のひとかけまで、私だけのものだ。

かちりと音がして、蓋が開いた。中には厚手の袋があった。その中に丸いものが入っているのがわかる。

そっと取り出し、紐《ひも》を緩め袋を大きく開いた。

「なに……これ？」

朱可の声に落胆の色があった。

そこにあったのは干からびてひび割れた土の塊《かたまり》だった。見事な球体だったが、朱雀玉でも宝石でもない。土塊《つちくれ》だ。

「泥団子だよ」

裏雲は笑いたいのか泣きたいのか、もうわからなかった。

幼い頃の思い出が鮮やかに甦《よみがえ》ってくる。二人の子供が泥遊びをしている光景だ。綺麗な服を着て、殿下、坊ちゃまと傅《かしず》かれ、それでも子供なんてそんなもの。汚したくてならない。

泥を丸めて、どちらが丸くぴかぴかにできるかを競い合っている。たわいもない遊びを楽しむ二人の小さな子供がいた。かつて、確かに城の中にそんな子供たちがいたのだ。

「殿下のは壊れたから……私のをあげた」

そんなものを殿下は大切にしていたらしい。乾いて割れないように薄く油で磨いて、部屋に隠していたという。

「裏雲、泣いているの？」

そんなふうに見えたのかもしれない。朱可の声は随分と優しかった。

「……馬鹿な子供だ」

親と引き離され、城を追われ、殺そうとたくさんの大人が追いかけてきているというのに、こんなものを持って。

もう逃げ切れないと思ったとき、これを他国の者に託した。誰もほしがりはしないものを。

胸に抱きしめたいと手に取った土の塊はもろくも崩れていく。指の間をすり抜け、ただの土へと還《かえ》る。裏雲に会えて想いを遂げたとでもいうように。

四

遺跡は兵たちがあらかた調べた。

それでも見つからないのだから、この壁面の穴から抜けた先に隠されていたのだろう。形跡からしてまだ一日もたっていないのではないかと孫江亥は考えた。

玉を見つけるためとはいえ、遺跡を荒らしてしまったことが悔やまれる。この土地には長い歴史があった。徐も三百年続いた。

それらを壊して時が過ぎていく。果たして良くなっているのだろうか。徐が滅びれば何もかも解決すると信じるしかなかったが、十年たってこの国が良くなったとはとうてい思えなかった。

むしろ、悪くなるばかりだ。知り合いの術師も処刑されていた。土産物のお守りをつくっていただけの老人だった。

戦乱で荒れた地を復興させようともせず、四年間は寿白王太子を追い続けたのだ。田畑を蹂躙《じゅうりん》し、村を焼いてまで。

（それを止めることもできなかった）

止めれば誰であれ殺されるような状況だった。

雑号《ざつごう》将軍に任じられていたが、子供を追いかけ殺すよりはましだと、ずっと王都守備隊を志願していたのだ。

（私は逃げていた）

武人は口出しすべきではないと思い込もうとした。

その結果、国王陛下の覚えめでたく、大将軍の話が内々に持ち込まれた。病床の陛下に内密に呼ばれた。

『どいつもこいつも駄目だ。頼れそうなのは、おまえか裏雲くらいだ。だが、宦官の若造に儂《わし》の王国を任せられるわけがない』

廻らぬ呂律《ろれつ》で言ったものだ。

王の病状のあまりのひどさに絶句した。そのくせ、寵愛《ちょうあい》する女だけは招き入れる。自分が担いだ王は狂気と欲が入り交じった化け物だった。

亘筧王太子は父親とは似ても似つかぬ大人しく優しい子供だ。その子が成人するまで王の命はとうてい持たない。そう確信した。

あれから思い悩んでばかりいた。

丞相には痛くもない腹を探られ、何もかも気が重い。それでも感情を見せないことに徹してきた。

いずれ渦巻く陰謀の中で死ぬのかもしれない。

武人として死にたかったことに気付いた。だが、戦を望むこともできない。

そして思い出すのは血を流し崖から落ちていった少年。寿白王太子に成りすまして逃げ、こちらを攪乱《かくらん》したあの子供だった。

今になっても、あれほど雄々しい者は見たことがない。兵に囲まれながら、一切ひるまず、最後まで戦い抜き、我こそは寿白と叫んで落ちていった。

兵は亡骸を確認しなければならない。兵力を削《そ》ぐためにとった道だった。王太子の影武者となった少年は最後まで巧妙に戦った。

あのとき江亥は子供を殺すなと部下に命じた。生かして捕まえれば、王族でない限り解放することができると思った。

だが、あの子供は鼻で笑った。

〈私を追え、この首を刎《は》ねてみろ〉

力尽き、崖から身を投げようとしていた少年の目がそう挑発していた。

見事な死に様だった。あれほど震えたことはない。一人の武人として、あの子供と戦ってみたかった。

「将軍、どうなさいますか」

副官の丕承《ひしょう》に訊《たず》ねられ、江亥は現実に戻った。

玉はなかった。誰かに出し抜かれたのかもしれない。その痕跡があった。ならば、追わないわけにはいかないだろう。

「兵を率いて東の麓に向かえ」

「私が？　東ですか」

「秘宝を奪った者がいるなら、我らとは鉢合わせしたくないだろう」

「将軍はどうなさるおつもりです」

「もし私が死んだら、多くを胸に秘め、軍を抜けよ。まさに庚の天命が尽きたと考えて良い」

不承は息を呑《の》み、目を見開いた。

「何をおっしゃいます」

「ゆうべおかしな夢を見た。遺言だと思って聞いてくれ。せめて私だけは庚に殉じなければならない。この小隊には丞相の手の者がいるやもしれぬ。すべての兵を連れて東に行け」

忠実な副官は承知するしかなかった。思うところはあっただろうが、それ以上は何も言わず、兵を集め言われたとおりにした。

あとには孫江亥だけが残った。

その指には黒い羽根が一本。その目は裾野が広がる西の麓に向けられていた。

＊　＊　＊

確かに玉だった。

寿白殿下にとっては朱雀玉よりも大切なものだっただろう。それだけは奪われたくなかった。

(なんて健気《けなげ》な子供なのよ)

朱可の胸にも感傷が押し寄せてくる。あの泥団子は二人の子供にとって玉よりも大切なものだったのだろう。

あれから裏雲は無言だった。目的を果たしたのだから戻っていいのだろうが、その気にもなれないらしい。

黒い翼を背負ったのも殿下のためだったに違いない。何が起ころうとも人の根底は変わらないのだ。裏雲にとっては殿下だけがこの世のすべてだった。

朱可はずっと寿白を悲劇の王太子だと思っていた。だが、これほどの男にここまで愛される寿白が憐れな筈がない。

運命に立ち向かった一人の人間として寿白をとらえなければならない。歴史書には可哀想な人も英雄も悪人もいらない。

「私はしばらくは小坤《しょうこん》にいて、一旦書いたものをまとめるつもり。それから王都を目指す」

「それがいいだろう。王都は……まもなく危険になる」

裏雲は怖いことを言った。それはまるで、何か覚悟を決めたかのようで、朱可は小さく吐息を漏らした。

(この人は殿下を忘れない)

そのように生まれついている。

「一周したら越に帰るわ。周文閣下に今度こそご挨拶して報告するつもり。できれば正王后様にもお目にかかりたい。正王后様は私の話を楽しんでくれると思う」

「あなたは夢一杯だな」

「そう、勝算のある夢よ。ま、根拠のない自信だけどね。自分を奮い立たせなきゃ」

裏雲は少しだけ笑った。

「燕はともかく、駕に入るのは難しいぞ」

「わかってる。祖父もそこで死んだわ。あそこは怖いよね。庚とはまた違う、もっと底知れぬ恐ろしさを感じるのよ」

少しでも裏雲の気持ちを別のことに向かわせてみたかった。そのために朱可はずっと〈天下古今〉に関する話ばかりをしている。

「天下四国をあまねく巡るか……私の世界は徐で終わっている。他の国のことなどろくに考えたこともない。あなたはたいしたものだ」

「翼があるならどこにでも飛んで行けたでしょう」

「飛び回ってはいた、殿下を見つけるために。殿下の死を知ってからは仇《かたき》と決めた者を殺すために。それ以外は関心が持てなかった」

「鬼か蛇かと思っていたのに、裏雲ってこんないじらしい男だったのね」

「いじらしい、か。黒翼仙ほど憐れなものはないだろうな。そら、川が見える。そこで少し休むとしよう」

綺麗な黒翼仙は猫をこちらに預けると、川に足を入れていた。乱れた髪は風を孕《はら》み、水面の煌《きら》めきまでも舞台装置に変えてしまう。

この人は今独りになりたいのだ。手のひらにも指の間にも、零れ落ちた土の感触がきっとまだ残っている。

「行こう、宇春」

猫の頭を撫でながら朱可はその場を離れた。

小猫を抱き、森を歩く。まだ山の麓にいて、庚軍の小隊に見つかるかもしれない。

本当は一刻も早くここから離れた方がいいのだが、裏雲を置いてはいけなかった。向こうは翼がある。簡単に逃げられるのだが、彼は逃げない気がする。

小隊を率いる孫江亥将軍は反乱軍と呼ばれた頃からの生え抜きの筈。父が書いたものにも確かそんな記述があったと思う。庚軍には珍しい武人らしい武人ということだったが、だとしても裏雲からすれば仇だろう。

川縁《かわべり》を歩いているうち、どこからか良い匂いがしてきた。魚を焼いている匂いだろう、人がいるということだ。警戒してその場を離れようとした朱可だったが、気がつけば宇春が匂いの方に飛び出していた。

なんといっても猫。魚の匂いの誘惑に勝てなかったらしい。

「可愛い猫だな、魚が食べたいのかい」

若い男の声がした。どうやら兵士ではなさそうだ。朱可は恐る恐る木陰から覗《のぞ》き込《こ》んだ。十五、六の少年が木の枝に刺した川魚を焼いていた。弓矢を背負い、狩人らしき格好をしている。このあたりの村の子だろうか。なら姿を見せても大丈夫だろう。

「ごめんなさい、うちの猫です」

朱可は顔を出してみた。よく日焼けしているが、可愛らしい顔した少年だった。少年は驚いて目を見開く。

「あんたは……史述家の人だね」

朱可はさっと身構えた。懐剣に手をやる。

「昔一度王后様と一緒に会っているけど、そっちは覚えてないか。おれも小さかったからな。おれは謝楓。閣下に頼まれてずっと追いかけてきていたんだ。あんた女なのに足が速いね」

にっと笑うと少年は懐から巾着袋を出して見せた。

「閣下から……？」

「そうそう。閣下が王后様に頼んでさ。どうぞ、あんたの路銀と手形だ。気をつけて頑張れってさ」

受け取るや否や、朱可は袋を開いた。中には充分な金銀、そして板でできた越の商用手形があった。燕や庚の手形は紙だが、越から発行される手形は名産の杉でできている。

「良かった……これで旅が続けられる」

ありがたくて、もう泣きそうだった。家を売った金も死体から盗んだ分も、ろくに残っていなかったのだ。

「閣下はただの風邪だったんだから、もう少し待てば良かったんだよ。おねえさん、とんだ猪娘《いのししむすめ》だね」

「だって会わせられる状態じゃないって追い返されて。閣下はお歳だし」

謝楓は人懐っこい顔で笑った。

「王后様に頼んでみれば良かったのに」

「そんな畏《おそ》れ多いことできるわけないわよ。不審者で捕まるわ」

「あの人、不審者大好きだよ。さて、これでおれも使命を果たせた」

正王后陛下をあの人呼ばわりし、謝楓は焼いた魚を猫に一本くれてやった。猫は美味《うま》そうにかぶりついた。少なくとも鼠よりは美味しそうに見える。

「ありがとう。おかげでなんとかやっていけそうよ」

「この国は危ないよ。人も荒《すさ》んでいるからね。無理はしないことだ」

「越に戻るの？」

「いや、弟を捜す。生きているかもわからないけど。おれね、徐の難民だったんだよ。保護されて王后様のとこで下働きしてた。勉強もさせてもらえて、ありがたかったよ」

王后がこっそり保護していた徐の難民の子供の中の一人だったらしい。越は寿白殿下を救うことはできなかったが、戦火に追われた難民の一部は受け入れていた。

「そうか、あなたこの国の人なのね。手がかりはあるの」

「この顔くらいだな。おれとよく似ている筈。たとえ骨になっていても死ぬ気で捜すさ。まずは王都だ。ところで、おねえさんも早くここを離れた方がいいよ。王都から来たとかいう小隊が何かを探している。巻き込まれたら面倒だろ」

「関所の警備が厳しくなっていたのはあなたのせい？」

「たぶん。そこらの猟師の子にしては品があるように見えたのかもな」

じゃあね、と少年は残りの焼き魚も朱可に渡し、森の中へと素早く去って行った。

充分訓練された少年らしい。

丞相閣下と正王后陛下。国王陛下が残念でも、この二人がいる限り、越は大丈夫。そんな安定感のある存在なのだ。ただ、この先のことはわからない。永遠はないと、徐が滅んだとき誰しもが思ったことだろう。

「路銀が手に入ったようだな」

裏雲の声がして朱可は驚いて振り返った。

「いたの」

「越の少年密偵とは興味深いものを見たよ……どうしたものかな」

「あの子を捕まえないよね？」

一応確認する。この男は黒翼仙でも役人なのだろうから。

「私は後宮の宦官でね。ご婦人方の間を取り持ち、面倒な事件などおこらないように心を砕くのが務め。他国の密偵への対処は仕事ですらない」

「宦官ね、それってそんなに自由がきくの」

「出世しているもので。それにあまり眠る必要がない」

「黒翼仙ってどうやってなるの」

　裏雲は苦笑した。

「あまり古傷に触れないでくれ。笑えるだろうが、これでも傷つきやすい」

「お伽噺《とぎばなし》ってあてにならないのね」

　早く寝ないと黒い翼が来るよ、幼い頃、母におどされたものだ。それがこんな美しい男だなんてありえない。

「あなたはこのまま小坤に向かうといい。それまでは宇春があなたを守る——宇春、後宮で落ち合おう」

　魚を食べ終えた猫は黙って肯いた。

「ご武運を」

　朱可はついそんなことを口にしていた。

　とりあえず、裏雲をおいて西へ向かう。坤の郡都まではそう遠くない。

（でもね……）

　史述家潘朱可は見逃したくない。

五

十年前のあのとき。

寿白殿下の影武者一行は徐国の西にある湊《そう》郡へと逃げていた。過酷な逃避行であった。

あまり目立ちすぎても陽動とすぐに露見してしまうだろう。かといって、殿下が逃げるための時を確実に稼ぐには人目に付かなければ意味がない。

その兼ね合いを考えながら偽者の寿白殿下を守る小隊は西へと向かった。思えば虚《むな》しい任務だっただろう。だが、兵たちはそれをやり遂げた。

本物の寿白殿下の小隊に負けぬほど、彼らはこの国に必要な者たちだった。あのときはそこまで考えられなかったが、今ならわかる。

あの中で今も生きているのは〈悧諒〉だけだろう。

『殿下をお守りしろっ』

嘘と知りつつ、彼らはそう叫びながら殺されていった。

敵の兵は有象無象《うぞうむぞう》も多く、強いわけではない。ただ数は多かった。中で一人、随分強い男がいた。追討隊西部小隊の副官だった。

王太子ならば越の王后を頼り東へ行く筈、寿白王太子ではない、どうやら偽者らしいと見破っていたようだが、とりあえず片づけるしかない。絶対に違うという証拠もないのだから、ここで逃がすことはできなかっただろう。

子供を殺さずとも良い、降伏せよ——あの男はそう叫んだ。

舐《な》めてくれたものだ。ここで血塗《ちまみ》れになっているのは殿下のためだけに生きている臣下の中の臣下だ。おまえたちのような欲に塗れた略奪者とは違う。

それを見せつけて死ななくてはならなかった。亡骸を捜させ、一刻でも多く時間を稼ぐ。どのみち、今の自分がこの男の相手になるわけがなかった。

十二歳の子供は背中から落ちていった。我は寿白なり、と叫びながら。

殿下さえ生き延びてくれれば、徐国は負けない。数多《あまた》の死はきっと報われる。そう信じて死の底に落ちていった。

風となり光となって、きっと殿下の下へ……

そんな夢を見て。

だが、悧諒は死ななかった。死んでいれば良かったものを。

裏雲と名を変え生きた。恩人である白翼仙侖梓を手にかけ、その知識と翼を奪った。天の加護はない。体は変質する。背中がばりばりと裂け、黒い翼が生えていた。痛みにのたうち回り、収まったとき趙悧諒という少年が完全に死んだことを悟った。

水面には見慣れぬ顔の少年が映っていた。どこか侖梓に似ている。頭の中には侖梓の知識が詰まっていた。

なのに想うのは殿下のことだけ。

翼を広げ、殿下を探した。結局、やっと聞こえてきたことは王太子と趙将軍の首が王都で晒されているという話だった。

「私は何度死んだだろうか」

それでもまだ生きているのは殺したいから。天に焼かれる前に、奴らを殺す。王も民も同じ。

私がこうして庚を滅ぼすために動いているうちは、殿下は死んでいない。私は殿下とともにある。その一念だったのかもしれない。

そんなことを思い出しながら、裏雲は来た道を戻っていた。

銀河遺跡へと向かう。山には一足早く夕暮れが訪れていた。魔窟のように暗い道を上っていく。

そこには彼が待っている。

孫江亥ならば気付いた筈だ。

良い具合に丸い月が昇ってきた。

「おいでになったか、裏雲殿」

「これは孫将軍、お待たせしました」

遺跡のあとに一人腰をかけている男がいた。月明かりを浴びた姿は軍神のように勇ましい。

「全軍東に向かわせた。ここでは貴殿と私しかいない」

「さすがです。お一人で待ってくださるとは」

「ゆうべ夢枕に少女が立っていてな。遺跡で待つ、と。猫になって消えた。あれは夢であったのか、はたまた貴殿の〈猫〉か」

怪しげなものに呼び出されて素直に来てくれたらしい。

知謀もあるが、基本は馬鹿正直な武人で、常に曇りなくありたいと思っていたであろう遺物のような男。

「ここに朱雀玉はあったのか」

「いいえ、あったものは私以外にはなんの意味もないものです」

そうか、と江亥は笑った。

「この羽根はなんの鳥なのだろうな。鴉《からす》でも黒鳥でもない」

裏雲が遺跡に残していった羽根を石の上に置いた。

「ご心配には及びません。私はただの人、徐の残党としてここに参りました」

黒翼仙の力はいらない。そのつもりで答えたが、孫江亥はおそらくそこまではっきりこちらの正体に気付いたわけではないだろう。黒翼仙など伝説の怪物でしかない。

「やはりそうか……貴殿はあのときの子供なのだな」

最後まで戦い、崖から落ちていった王太子の影武者を助けようと、この男は手を伸ばしたのだ。

その必死の顔を見て、悧諒はうっすら笑って落ちていった。黒翼仙になって外見に変化が生じたのだから、江亥が気付く筈はなかった。それでもどこかに面影でもあったのか。

「ご名答。よくわかりましたね」

「その目だ。どこかで会っている気がしていた」

「あなたを大将軍に推そうというのだから、王にはまだ多少の理性は残っているようですね。その方がいい。簡単に正気を手放されては面白くない」

江亥の眉間に皺《しわ》が寄る。

「陛下のご病状は貴殿の策略なのか」

「もちろんでございます」

恭《うやうや》しく答えると、江亥は悔しそうに唇を引き結んだ。

「とんでもない残党がいたものだ」

「あなたに褒められるのは悪くない」

「さぞ憎かっただろうな。貴殿を残したのは庚軍最大の不覚だ」

江亥はゆっくりと立ち上がった。

「どのみちあなたに子供は殺せなかった。今、ここにいるのは子供ではない。遠慮なくどうぞ。宦官だからと舐めないことです」

「舐める筈がない」

男たちは剣をかまえ、間合いをとった。

月は白く輝き、決闘の場を照らす。孫江亥にはいずれ消えてもらうつもりだったが、仇と呼ぶには武人すぎた。

殺すのではなく、戦うしかないと思っていたのだ。

「良かった。私はたぶんあなたより殺し慣れてますから」

月光を受け、両者の剣がきらめく。

「そのようだな。だが、剣ならば負けぬぞ」

所詮、毒殺や呪殺だと思っているのかもしれないが、裏雲は剣を最も得意とする。

「私は将軍の子なんです。それはそれは鍛えられたものです」

裏雲の剣が横から薙《な》いできて、江亥は危ういところを止めた。夜の山に金属が打ち合う音が響く。それに驚いたか、鳥がばさばさと飛び去っていった。

「そうか……やはり趙将軍の」

徐の将軍のことを知らぬ武人はいない。多くの尊敬を集めていた。おそらく、孫江亥もそうだろう。

「親子そろって徐に殉じるかっ」

江亥は大剣を打ってくる。その太刀筋に一切の迷いはなかった。

「気の毒だと思いますよ、庚には殉じる価値もない」

剣を打ち合う音が木霊する。

「亘筧様の代になれば、きっと」

江亥の大剣が風を斬る。これほどの相手と戦ったことは裏雲もない。これは殺しではなく、勝負なのだ。そう思うと胸が躍った。

「亘筧殿下……あの子は大好きですよ。でも、容赦はしない。あなたが殿下にそうしたように」

殿下のことを思えば、どんな酷《むご》いこともできる。亘筧に毒杯を渡すことも躊躇いはしない。

江亥の剣が後ろに飛《と》び退《の》く裏雲の髪を薙いだ。

打ち合っていても力負けする。江亥は堂々たる体軀《たいく》の武人だ。裏雲は宦官として不自然ではない程度に絞り込んでいる。

「戦を終わらせられなかったか」

「庚が滅ぶのを見届けたら終わるでしょう。私も疲れましたから」

疲れ果てたとも。それでも終わりにできない。この何年かはまるで百年でもたったかのようだった。いっそ早く翼を焼かれてしまいたいほどだ。

「悪鬼だな、ならば斬り捨てるまで」

敵から見ればそういうこと。こちらこそが滅んだ王朝のおぞましき亡霊なのだ。

「庚を滅ぼし、なんとする。徐はもう戻らぬ。また戦乱の世にしたいか」

「庚は誰かを救いましたか」

徐国につながる者、何千もの術師、どれほど殺されたかわからない。裏雲がいくら復讐してもとうてい追いつきはしない。結局民は徐を滅ぼしたことを後悔しながら、飢えて死んでいる。

「無法の戦乱の方がましだと申すか」

「どうでも良いことです。その後の世など。案じてやる義理はない」

これがこの土地の歴史となる。徐を山賊が滅ぼし、その山賊王国を一人の遺臣が滅ぼす。

「あのとき私はまだ青く、徐を消し、新しい世界を作れば誰もが幸せになれると信じた。この十年で、それがいかに理想に溺れた馬鹿げた夢だったか理解した。この先、穢れた権謀術数の中で不本意な死を遂げるだろうと思っていた。だが、私は武人として死に場所を得た。この命と引き換えに貴殿を討つ」

気迫で打ち込まれた大剣をかわすや、裏雲は低く間合いをとり、剣を一閃《いっせん》させた。と同時に、江亥の剣が横に返ってくる。

裏雲の剣は江亥の腹を裂き、江亥の剣は裏雲の右肩から袈裟《けさ》懸《が》けに斬り捨てた。噴き出す血が混ざり合い、二人は後ろへどうと倒れた。

痛みで目がかすむが、森に戻った静けさに心地よさすら感じる。

「……負けたか」

起き上がることのできない江亥は呟《つぶや》いた。その目は今生の名残というように月を見つめていた。

裏雲の方は傷口を押さえ、辛《かろ》うじて上体を起こした。

「お見事でした。良いものですね……一方的でない殺し合いというのは」

致命傷をすんでのところで避けた裏雲にはまだ話す力は残っていた。だが、江亥はそうではない。まもなく死ぬ。

「復讐をやめぬのか」

「飢骨に何も喰らうなと言うようなものです」

そう答えると江亥はわずかに笑ったようだった。

「……私にはもう止めることはできない」

「王が死ねば止まります。罪を重ねた私も長くはないでしょう」

「どうかな……人とは意外に死なぬようだ。貴殿を見ているとそう思う。ここに寿白殿下にゆかりのものが隠されているという話が眉唾でなかったなら、逃げ続けた寿白殿下の一行にも生き残りがいたのかもしれないな。そうでなければ、丞相に情報が入ることはないだろう」

裏雲は瞠目した。

「生き残り？」

「勇ましき黒い羽根よ……さらばだ」

江亥は目を閉じ、そのまま息を引き取った。

最後の最後まで庚の宝、孫江亥将軍として生きたのではないだろうか。この男にも苦しい葛藤があっただろう。

正義の戦いと信じた筈だ。庚王は善政を敷き、この地は豊かになる希望を抱いたに違いない。

そのための殺戮《さつりく》だと思うしかなかった。だが、そんな欺瞞《ぎまん》は打ち砕かれ、庚という国に未来すら感じない。

大将軍になったところで、自らが王にならなければ変えることなどできない。だが、そんなことをすれば簒奪《さんだつ》。庚と何が違うのか。罪を重ねるだけで、天下四国の南の柱とはとうてい言えるわけもない。

剣を持ち、戦って死ぬ。

希代の武人はそこに最後の救いを見ただろう。

裏雲はそれを叶えてやったに過ぎない。柄にもなく、悲しむ必要などあるものか。

肩口から流れる血を袖で押さえ、裏雲はしばらくうつむいていた。

「手当をする」

少女の姿の宇春が歩み寄ってきた。その後ろには青ざめた朱可がいた。戦いの間、悲鳴の一つもあげたかったのかもしれないが、耐えてくれたことには感謝しなければなるまい。もちろん戻らずに西に行くべきではあったが。

「ば……馬鹿じゃないのっ」

朱可は目を潤《うる》ませて罵《ののし》った。

「あなたは言うことをきかない女だな」

「聞くわけないでしょ、ろくなことしないってわかっていたんだから」

怒る朱可とは対照的に宇春は淡々と手当をしてくれていた。この暗魅はもうこんなことには慣れっこだ。

「史述家がその目で見たなら安心だ。庚の武人と徐の遺臣は正々堂々一対一で戦った。盛り上がる箇所だろう」

「そりゃ史述家だけど、私にだって心ってもんがあるんだからね。駆け引きや損得勘定があったとしても、こうして苦楽を共にした人に死んでほしくないって気持ちがあるのよ」

こんなふうに人に泣かれたのは何年ぶりだろうか。

「情は真実を曇らせるぞ」

「馬鹿にしないでよ、ちゃんと書くわよ。でも、でもね、裏雲が死んだら嫌だし、殺し合いなんてしなきゃいけないもんなのかって悔しいし、人なんだからしょうがないじゃない」

堤防が破れたように涙が零れ落ちていた。他国からここまでやって来て、ずっと自信満々で気丈に振る舞っていたが、どれほど無理していたことか。

「私のために泣くのか」

「いいじゃない、泣いたって。私だって、家族みんな死んでいるんだよ。図太く開き直っているように見えてるんだろうけど、本当はもう見送るの嫌なのよ」

泣きじゃくる朱可の姿に胸が痛む。誰かを少しでも愛《いと》しいと思うなんてあまりに久しぶりの感覚だった。

「朝になったら、宇春は将軍の副官に彼が死んだことを報せてやってくれ」

「殺さなくていいのか」

「その必要はない」

孫江亥は部下を巻き込まない。

「朱可は今度こそ小坤に向かえ」

「裏雲はどうするの、この体で」

確かに傍目《はため》には大怪我だろう。

「もちろん、帰るとも。後宮の部屋で休む」

「飛べるの」

「黒翼仙の死に方は決まっている。これくらいはすぐ治る」

今までも深手を負ったことならあったが、幸か不幸か、楽には死なせないと天は決めているらしい。

「ねえ……私と旅をしない？」

「何を言うかと思えば」

「こんな生き方よりましだよ。歴史を記すのは面白いよ、だから一緒に……」

どうやら精一杯止めてくれているらしい。

「私は歴史を作る側だ。壊すのも殺すのも、その流れだ。史述家にはなれない」

このあとは櫂《かい》郡の太府《たいふ》を殺し、都を恐怖に陥れ、庚王の威信を地の底まで落とす。やることは決まっている。

それでも朱可の誘いにまんざらでもない自分がいた。どうしたわけか、ほんの少し揺れた。

「やっぱり、私のものにはならないか。しょうがない、この先だってあなたには殿下がすべてなんでしょ。わかった。もうこの山でお別れ。朝になったらどこにでも飛び立ってよ」

「おや……今のは恋心を伝えたのか」

決闘したばかりの色男の軽口に、朱可はふんと鼻息を鳴らした。

「冗談じゃないわよ。死んだ乳兄弟に懸想《けそう》しっぱなしの男なんて。だいたい、色男なんか信用できないわ。徐の遺臣の復讐は全部見届けるから、好きなようにやればいい。それが私の仕事だからね」

裏雲は体を寝かせると月を見た。

孫江亥の死出の旅路を見守った月は、死に損なった若い男を冷ややかに見下ろしてくる。

やり残したことは少ない。天の火に焼かれるまで——

第四章

一

猫は心配して片時も離れようとしなかった。

競い合うように蛇も来る。

風邪を引いて寝込んでいることにはなっているが、裏雲《りうん》の寝室はなかなか賑《にぎ》やかなものだった。

「こんな怪我《けが》をさせるなんて。使い物にならない猫ね」

「わたしの加勢を裏雲は望んでいなかった」

寝台に横たわる怪我人を挟んで、美女と少女が言い合いを始める。どうしてこうも相性が悪いものかと裏雲は頭を抱えた。

使役する二体は顔を合わせれば睨《にら》み合う。蛇と猫ではそれもいたしかたないが、そりそろうまくやれないものか。

「支えるのが務めでしょう。可哀想《かわいそう》に、痛かったのよね。あと少しで刃は内臓まで切り裂いていたわ」

そう言いながら、月帰《げっき》は嬉しそうに指で裏雲の傷の上をなぞった。

「わたしは裏雲が望まないことはしない」

宇春《うしゅん》はむやみに触るなとばかりに月帰の指を手で払う。人の体の上で何をやっているのやら。

「月帰、宇春の言うとおりだ。あんなところで援軍に加わられては私の誇りに反する。武人の決闘だよ」

「なにそれ。もう、これだから人間は。誇りなんて意味がないわ。私だってもっと手伝えるのに」

月帰は赤い唇を尖《とが》らせた。

「君には充分に働いてもらっている。君は私の最高の毒だ。漸戯《ざんぎ》とて作れまい」

友人の毒師まで引き合いに出し、月帰を讃《たた》える。

月帰がまだ何か言いかけたとき、扉の向こうから声がした。どうやら仕事の呼び出しが来たらしい。このときばかりは少しほっとした。なにしろ、女たちの言い争いから解放されるのだから。

二体の暗魅《あんみ》に本性に戻って休むよう促《うなが》し、裏雲は寝台を下りる。

櫂《かい》郡の太府林隆高《たいふりんりゆうこう》が虎に喰われて死んだという話はさきほど月帰から聞いた。真偽はまだ定かではないが、罪人を虎に喰わせて見世物にするつもりが、逆に喰われてしまったとか。

それが事実なら裏雲より先に虎が殺してくれたということになる。死に方も申し分なく、裏雲としては手間がはぶけたようなものだ。

孫江亥《そんこうがい》将軍の死去は昨日伝えられている。山で暗魅に襲われ、兵たちを守るため犠牲になられたと副官孔不承《こうひしよう》は報告したらしい。同時に責任を取り、軍を退いた。江亥はそのあたりきちんと命じていたのだろう。これで月帰の素性を調べる者はいなくなった。

葬儀はまだ先の筈《はず》。今度は何がおこったものやら。また女たちの諍《いさか》いだろうか。二体の暗魅が姿を消したのを確認し、裏雲は扉を開けた。

「どうしました」

立っていたのは宦官《かんがん》だった。健峰《けんほう》ではない。ここ何年かの同僚だ。

「裏雲殿、お加減が悪いところ申し訳ない」

「いえ、こちらこそ休ませていただいて。何かありましたか」

「それが……健峰という若い宦官をご存じですよね」

「はい。何度かここに使いに来ました」

その名は療養中の裏雲を悩ませていた。関係はないと思いながらも、気付いてしまえば気にはなる。

「どうも丞相閣下《じょうしょう》に傷を負わせたようで、投獄されました。近く処刑かと」

裏雲は思わず瞠目《どうもく》した。

「健峰は丞相閣下の子飼いだったのでは。何が起きたのですか」

「閣下は突然暴行されたとおっしゃっていますが、実際のところ――」

宦官は辺りを見回してから、いっそう声を潜めた。

「手込めにしようとして突き飛ばされたらしいのです。あの方は若い宦官に手を出してばかりでしたから、拒まれると思ってもいなかったのでしょう。それで転んだとき頭に怪我をしまして」

そういうことかと納得した。丞相はそういう男だ。裏雲は術とも言えぬほどの目くらましを使い、難を逃れている。

「お耳に入れた方がよろしいかと思い、お休みのところ参った次第」

「閣下がお決めになったなら、私にできることはないかと思いますが……お伝えいただきありがとうございます」

「同じ宦官としてこのようなことはいささか無念にございます。それでは」

宦官が去って行くと、裏雲は寝台に戻り考え込んだ。

（駄目な子だが……）

敵ではない。

「宇春、いるか」

寝台の下に隠れていた猫が這《は》い出《だ》してきた。蛇の方は自分の部屋に戻ったらしい。

「君に仕事を頼みたい。少々厄介だろうが」

宇春は〈彼〉を知っている。


ろくに詮議もせずに処刑。庚《こう》では当たり前のことだった。

この国では王か丞相が処刑といえば処刑だ。その気になれば王后《おうごう》もその処刑人に加われるだろうが、幸いにして彼女には良識があった。

今回の件も丞相に処刑の停止を掛け合ってくれたが、それを止めることはできなかったようだ。丞相は怪我をさせられたことより、少年宦官から恥をかかされたことに憤慨しているらしい。自分で抱きつき、まさぐっておいて喜ばれるとでも思ったのか。

健峰を助ける義理は一切ない。

だが、あの変態閣下を袖にしたことは評価せずにはいられない。その一点だけで、裏雲は動こうと思った。

おおかた、孫江亥が首尾良く死んだことで気分が良くなり、浮かれて少年宦官に抱きついたのだろう。

丞相にとって江亥は目の上の瘤《こぶ》だった。裏雲は丞相に囁《ささや》いたものだ。将軍を遠征に出してはいかがですか、と。一歩、王都の外に出れば何がおきるかわかりません、と。

それは裏雲にとって都合が良かった。

決闘の舞台を用意してもらったのだから。

とすれば、今回のことは裏雲にも幾ばくか責任があるだろう。丞相を調子づかせた。そう考え、裏雲は城の地下牢に赴《おもむ》いた。

庚には徐《じょ》から続く塔の獄があるが、あれは身分の高い者が入る。下っ端宦官では地下牢ということになる。

人払いして、若い死刑囚と二人きりになると、裏雲はまず綺麗《きれい》な手拭いを差し出した。

「その脚に巻きなさい」

可哀想な少年は多少の拷問《ごうもん》を受けたようだ。脚には血が、綺麗な顔にも痣《あざ》があった。

「……どうせ、死ぬのに？」

牢の中で頼り無く膝を抱く少年はまだ子供に見えた。こんなことになって途方に暮れている。驚いたことに傍《かたわ》らに鼠《ねずみ》が丸くなって眠っていた。

「奇跡とは最後まで最善を尽くした者にだけ訪れる天の気まぐれだ。私の父が言っていた」

「今の私に何ができるんですか」

「天変地異がおこるかもしれない、突然〈易姓革命〉がおこるかもしれない。そんなときその脚じゃ逃げられない」

少年は疲れ切った笑いを見せた。後宮で見た作り物の笑顔と違い、そこに心からの悲しみと疲弊があった。

「奇跡なんか起きない。私はよく知っています。小さい頃に庚の兵が来ました。母は命をかけて私と兄を逃がしてくれた。兄弟で震えながら彷徨《さまよ》い、一年たったのか二年たったのかもうわからなかった。兄は越《えつ》に逃げようと言ったんです。でも、森の中で暗魅に追われ離ればなれになりました。そのあと、私は一人の兵士に助けられて村に預けられました。でも村はあまりに貧しくて養父母もろくに食べることもできず死んだんです。結局私は生きるために宦官への道を目指すしかなかった。あんなに憎んだ庚王にそこまでして仕えるしかなかったんです」

思ったとおりの人生だった。裏雲はこくこくと肯《うなず》く。

「韻《いん》郡の出身だったね」

「そんな辺境まで踏みにじられました。干ばつならある程度仕方ない。自然のことです。でも、私たちを襲ったのは庚の兵士たちだった」

「君の家は地主か何かだったのか」

健峰は首を振った。

「違うと思います。父はときどき来るだけで、ほとんど母と兄と三人暮らしでした。本当に幼かったから、家業がなんだったのかもわかりません。ただ……幸せでした」

「健峰というのは本名？」

「子供の頃は峰とだけ呼ばれていました。引き取られてから、その名に。養父母の姓は満《まん》でしたが、以前はなんだったのか覚えていません」

「庚の兵士は集落全体を襲い、あなたの家も襲ったのかな」

「いえ……うちの周りに家はなかったと思います。いつも兄とだけ遊んでいました。母が生活で苦労していた様子はなかったからある程度裕福だったのでしょう。礼儀や立ち振る舞いには母も厳しかった——そんなことを話しても仕方ありません。私は処刑されます」

「丞相閣下に我慢できなかったわけだ」

「とても耐えられなかった。我慢すれば出世できるかもしれないと思いましたが」

思い出すとぞっとするのだろう、両腕で自分の肩を抱いた。

「丞相閣下はあなたが勝手に殴りかかってきたと言っている」

「触りたくもありません」

自棄《やけ》になっているのか、なかなかはっきり言う。裏雲の口元が綻んだ。

「言うね」

「あまりにもおぞましくて、気がついたら突き飛ばしていました」

初心《うぶ》な生娘《きむすめ》のようなことを言う少年に裏雲は苦笑した。自分にもこんな時期があっただろうか。

「閣下は疑心暗鬼になっている。誰も彼も敵に見える。少しでも味方がほしいのだろう。越の密偵が入り込んでいるという話もあるから尚更《なおさら》だ」

「宦官になりあの人に仕えて知ったことが多い。今も韻郡での飢饉《ききん》を知っていながら、あの人の意思で辺境を切り捨てているんです。とりあえず都の周辺を整えることを優先している。農作物の多くを辺境に支えられながら。今頃、故郷は大変なことになっているでしょう。それを思うと悔しい。それでもここで生きるしかないと歯を食いしばってきました」

愚かな話だと裏雲は思う。

先の〈易姓革命〉とやらが何故《なぜ》成功したのか忘れているのではないだろうか。辺境での飢饉から飢骨《きこつ》が生まれ、それが反乱の火種となった。反乱軍は王都を取り囲むように押し寄せてきて、徐の軍も王族も籠城するしかなくなった。

彼らにはもうその教訓が生かされていないのだ。

「……お兄さんを探そうとはしなかった？」

「どうやって探せばいいんですか。この国は広すぎる。いや、別の国にいるのかもしれない。もう生きているとは……」

泣き言を言う健峰の胸ぐらを摑《つか》み、裏雲は顔に寄せた。

「脚で探せ、目で見つけろ。君の兄がそうしているとは思わないか。自分と同じ顔を頼りに。死んだという証《あかし》もなしに何故諦めた」

「裏雲様……？」

健峰は困惑していた。

「何故その鼠は君に寄り添っている？」

「これですか……わかりません。そばにいてほしいと呟《つぶや》いただけです」

徐国蔡《さい》王家は滅んだが、すべての血が絶たれたわけではない。この少年の力はそういうことなのだろう。

「私には丞相の決定を覆すことはできない。君はそのうち処刑される。それまでできることをしろ。もし猫が入って来たら、策がなったと思うといい」

猫がどうのと聞き、健峰はますますわからなくなったのかもしれない。それでも肯くと、血を流す脚を縛った。

恥をかかされた丞相は健峰を許す気がない。ひどい話だが、これがこの国の現実なのだ。

裏雲にできるのは、日が悪いなどと理由をつけて引き延ばすことくらい。友人の毒師はこの国にはいない。探している余裕もない。となれば、どこかから材料を調達し、自分で作るしかない。

いっそ丞相を殺すことも考えたが、王に倣《なら》い用心深い男で水一杯にも毒味役を使う。それにまだ早い。櫂郡の太府が急死した直後だけに城内要人の不審死は避けたい。

地下牢を出た裏雲はまっすぐに農産物の取り扱いの部署へと向かった。

去年の取れ高がどうなっているのかを顔見知りの官吏に訊《たず》ねた。

「悪いですよ。無理に食料を中央に集めていますが、暴動が起きかねない。それを抑えるために兵を出し、睨みをきかせているような状態で……今年はもうどうなることやら」

官吏はこっそりと教えてくれた。王都への食料が滞《とどこお》れば、懲罰を喰らうのは彼らなのだろう。

「韻郡はとくにひどく、わずかに穫れたものも年貢と称し奪っていくのでは飢餓で死んだ者も少なくないかと。それを知りながら矛先を向けられるのが恐ろしくて、議題にもあげられないのが現状です」

「隣国から輸入できませんか」

「越も燕《えん》も我が国を天下《てんげ》四国《しこく》と認めていませんよ。そんな国を助けるなどありません。それに……なにより買うための財源がないのです。借金など信用のない我が国では無理な話です」

「他国からすれば、そうでしょうね」

「陛下や丞相閣下に辛《かろ》うじて進言出来たのは孫将軍くらいだったでしょう。将軍を失った今では縋《すが》る望みもありません」

裏雲はその場を離れ、吐息を漏らした。

後宮に赴くと、今度は社美人《しゃびじん》が駆け寄ってきた。盗難事件以来、何かと裏雲にすり寄ってくる。

「まあ、裏雲様。お加減が悪かったと聞きましたが、もう大丈夫なのですか」

「おかげさまで」

孫江亥と斬り合った傷はまだ少し痛むが、力仕事でもなければ問題はない。

「お見舞いに伺いたかったのですが、わたくしの立場では無理なこと。陛下の女ですから」

社美人は艶然と微笑《ほほえ》む。後宮にはたくさんの女たちがいるが、多くは陛下の手もつかず、ただ歳を取るしかない。王后陛下には王太子がいて、いずれは王太后。容才人《ようさいじん》にも姫が二人いる。そして寵愛《ちょうあい》は月帰にある。しかし、この社美人には何もない。丞相の姪《めい》でありながら、何も手に入れていないのだ。その焦りからか、性格がきつくなっているようだ。

「今日は少し肌寒いようです。お部屋で暖かくなさってください」

「ねえ、わたくし甘い物が食べたいの。最近はあまり手に入らないようで、裏雲様ならなんとかなりません？」

「干ばつの影響で食料が足りていないのです。どうか、我慢してください」

やんわり言ったつもりだが、社美人は柳眉《りゅうび》を逆立てた。

「我慢？　我慢ですって。わたくしは陛下の寵姫にして閣下の姪なのですよ。我慢など下々の者でもあるまいし、たかが菓子くらい——あら」

向こうから人が来ると、さすがに社美人は口をつぐんだ。

「お願いしますわね、裏雲様」

裳裾《もすそ》をなびかせ、社美人は来た道を戻っていった。

後宮で溜《た》まっていた仕事をこなし、書類に目を通した。働きながらも思うことは韻郡の飢饉のことだ。

(そこには飢骨がいる……)

飢骨を目の当たりにすべきなのはこの城の者たちだろう。

二

坤《こん》郡は王都の南東に位置している。そのせいか、辺境よりも物資に恵まれてはいるようだった。

郡都に到着し、朱可《しゆか》は両手を挙げてやったと叫びたいくらいの気分だった。ここまで来るのに本当に大変だった。

(期待していた徐の秘宝は土塊《つちくれ》だったし)

それでも裏雲にとっては良かったのだろう。彼が少しでも報われたのだと思いたかった。それとも復讐《ふくしゆう》への誓いが強固になっただけだろうか。どっちにしても、秘宝を手にしたのは裏雲なのだ。

「旅が無事に続けられますように」

小坤の東の入り口にあった祠《ほこら》で朱可は手を合わせた。

天令《てんれい》を祀《まつ》る祠を各地で目にした。これは徐国のときからのものらしい。徐の天令はときどき目撃されていたらしく、天令信仰ともいうべきものが厚い。郷に入れば郷に従え、ということで徐の天令を拝ませてもらった。

もっとも、徐は滅び庚になってしまっている以上、天令の守護があるのかどうかは甚《はなは》だ怪しい。

朱可はさっそく宿をとると、足を洗ってもらった。履物を脱いでお湯につかるだけで、疲れがとれるようだった。

「随分、長旅してきたような足だねえ、お客さん」

宿の女は労《ねぎら》うように話しかけてきた。

「いっぱい歩いたよ。いい街だね」

「昔に比べると寂れたけどね。前は他国の商人も行き交ってたし」

前とは徐の頃のことだろう。

「しかし、女一人でよく無事だったね。恐ろしいことばかりだからさ、聞いたかい。隣の櫂郡の太府が虎に喰われて死んだ話」

「えっ、虎に？」

「評判の悪い太府だったんだけど、なんでも女房に手を出した間男《まおとこ》を処刑しようとしたんだってさ。虎に喰わせて見世物にしようとして、自分が喰われちまったんだよ。間男は逃げちまった。ほんと馬鹿な話だろう」

朱可は目を丸くした。そんなこともあるものなのか。

「それは櫂郡も大変ねえ」

「なあに、みんな喜んでいるらしいよ。あそこの太府ってのは本当に人でなしだったらしいから」

まさか裏雲が虎に喰わせるという凝った復讐をしたとは思いにくい。秘宝や孫将軍のことで手一杯だった筈。

朱可はそんなことを考えながら部屋に入った。寝台に転がると、まずはうとうとする。

「待てこら、おまえと違って俺は疲れるし、腹も減るの。わかるか」

窓の外から若い男の声がした。なにやらうるさいのが窓の近くにいるようだ。

「だったら早く起きぬか。旅立たなければならぬというのに、もう昼ではないか。間男は朝も起きられぬのか」

今度は可愛《かわい》らしい少年の声がする。しかも子供らしからぬ妙な口調だ。

(間男……さっきそんな言葉を聞いたばかりだ)

寝具にうつぶせになって、奇妙な会話に耳を傾ける。

「ちょっと酒をつがれたもんだから、つい。呑《の》まなきゃ失礼だろ」

「まだ女に懲りてないのか。おぬしという男は。ええい、おぬしなどに預けておけぬ。早く返せ」

「だから王都に行ったら返すって言っただろ」

「私は早く戻りたい。こんな穢《けが》れた国にいたくもない」

「だったらあのとき徐に味方してくれれば良かったのに。おまえが薄情だから」

「私は天の理《ことわり》に従っただけだ」

なにやら随分壮大な話になってきた。昼間から子供まで酔っているのだろうか。朱可は体を起こすと窓の外に目をやった。

若い男と少年が向かい合っている。二人とも整った顔立ちをしていて、旅人のようだった。

「天の理ってなあに？」

朱可は窓から話しかけた。史述の材料になるようなことなら、どんな与太話でも聞いておきたかった。

「うわ、驚いた」

「見ろ、おぬしが大きな声を出すからだ」

二人は驚いて、こちらを見た。

「あなたたちどこで間男したの？　さっき虎がどうとか、そんな話を聞いたんだけど」

「……その間男とは違う間男だ。無関係の女が気にするでない」

高貴な顔立ちをして少年はなかなか生意気だ。どこかのお坊ちゃまだろうか。

「やっとここまでたどり着いて、寝っ転がったら外がうるさいんだもの。気にするわよ。で、虎に喰われた太府と関係ある間男なの？」

「ああ、それ俺。虎を操り、太府を返り討ちにしたんだよ。その勇姿見せたかったな。じっくり聞かせてもいいぞ。良かったら、昼飯奢《おご》ろうか」

男の方はにやにやして軽口を叩《たた》く。愉快な二人組もあったものだ。

「馬鹿者、何を言っている。大根でも買って食べながら歩け。行くぞ」

少年に手を引かれ、男もしぶしぶ歩き出す。こちらを振り返って、またなと軽く手を振った。

「……変な連中」

これから王都を目指すというなら、いずれまた会う機会があるのかもしれない。

(天の理か)

そんなものがあるとしたらなんなのだろう。

天は何かこの地上の歴史に参加しているのだろうか。手の上で踊らされているとは思えない。天がそこまで積極的なら徐は滅んでいない筈だ。

「お昼奢ってもらえば良かったかな……」

そんなことを思いながら、朱可は眠りについた。

それから数日、朱可は宿で見聞したことをまとめていた。記憶力は悪くないが、鮮明なうちにおさらいしておかないと、正確なものにはならない。

ようやく落ち着いて記述できるところまで来て、朱可は安堵《あんど》していた。まさか、徐の復讐者に助けられるとは思わなかった。秘宝が泥団子だったなんて想像もできなかった。そして、復讐者と将軍の決闘だ。

朱可はどちらも間違っているとは思わなかった。二人の男にはそれぞれの正義があった。話し合いで解決できるものなどもともとたいしたことではない。彼らは出会ってしまった以上、生きるか死ぬかしかなかった。

史述家の端くれとしてそのへんは充分理解している。ただ、そこに至るまでになんとか争いを避けるのが大人の知恵だと信じている。そして誰にも遠慮しない史書はその知恵の助けになる筈。

天下四国は傾いている。徐だけの問題ではない。越だって、そうだ。名丞相の周文《しゅうぶん》閣下と王に代わり采配を振る正王后がいるというのに、それでもまだ遷都を実行できない。利権が絡みすぎて難しいからだ。

(屍蛾《しが》の大襲来があるというのに)

いっそ正王后が強権を振るえば良いのだが、そうもいかないのだろう。だが、時に強い力で押し通さないと物事は何も動かない。

朱可は祖国を愛している。天下四国に末永く続いてほしい。

(私がまとめ上げるこの本は、必ず今後の四国の役にたつ)

嫁にも行かず、ほっつき歩いている小娘などと絶対に言わせない。

この旅を終えても〈天下古今〉の続きは誰かが書く。天下四国が続く限り、〈天下古今〉は終わらないのだから。

終わらないことがこの世の安寧《あんねい》を意味する。そんな本になる。

そのためにも、この国が良い形に収まることを期待していた。裏雲の復讐に手も出さない、口も出さない。けれども、良い意味で裏雲の暗い想いが裏切られてほしいと思っている。

「……振られちゃったけど」

裏雲の中では寿白《じゆはく》殿下が無垢《むく》な少年のまま生きている。海千山千の史述家の女など入る余地はない。実際、何故一緒に行こう、と裏雲を誘ったのか自分でもよくわからなかった。恋なのか情なのか。

なにしろ愛だの恋だのから外れた人生だったので今ひとつ自分の感情が摑めない。それでもなにかしら友情らしきものはあったのだろう。黒翼仙《こくよくせん》の友人がいるのはきっと私くらいなもの。

そんなことを考えながら、朱可は仕事を進める。

明日には王都へ向けて出立する。まだ十日以上はかかるだろう。黒い翼の美丈夫も強く可愛い猫もいてくれないけど、これが本当の旅だ。裏雲が何か企《たくら》んでいるというなら、王都は間違いなく危険になる。それでも行く。危険から歴史は生まれる。それを乗り越える過程もまた歴史となる。

私が行かなくてどうする。

三

健峰の処刑が明後日と決まったことを受け、裏雲は決断するに至った。もう少し時間がほしい。必要な材料がちょうど韻郡で調達できそうだというのもある。

憐《あわ》れな少年宦官を助けたいなどという情けではない。これからしようとしていることは無実の少年一人を処刑するより罪深いのだから。

裏雲は夜を待ち、翼を広げた。

城外の木陰から闇に紛れて飛び立つ。黒い翼は暗躍になんと役立つことか。白い翼ではこうはいくまい。

夜空はひんやりと心地良い。これが他の国ならば、冬の飛行は遠慮したいところだが、その点この国はいい。

徐は倒れ、庚も倒れる。そのあと、何が来たとしても裏雲には与《あずか》り知らぬこと。どうせあと二年ももたない。それが黒翼仙は十年で天に処刑される。

孫江亥に斬られた傷はまだ疼《うず》くが、裏雲は辺境韻郡へと飛ぶ。

全力で飛び続け、昼には韻郡の上にいた。いささか疲れたが、夜には戻っておきたい。先に小韻の街に着き、調合に必要なものを買った。

郡都とは思えないほど街は寂れていたが、幸いにも薬の材料になるものは乾物が多く、閑古鳥《かんこどり》が鳴く店でも日持ちがする。

「お客さん、買い付けに来た商人さんかい」

「そんなとこです」

「よくもまあ、こんなとこまで。これより東には行かんで、急いで戻った方がいい」

「干ばつが広がっているようですね」

「田畑も何もかもひび割れておる。そろそろあれが出るだろう。六十年以上見ているから、震える空気でもわかるんだよ。乾いた土からあれが出て来るのがな。地鳴りがして、地べたが大きく割れる」

この老人は何度か飢骨に遭遇しているようだった。それだけ韻郡には多いということだろう。捨て置かれやすい辺境は憐れな土地だ。農作物など搾取されるばかりで、助けがない。庚になってからはそれが露骨になってきた。

「ご忠告感謝します」

裏雲は店を出ると、再び木陰から飛び立った。

確かに大気と地べたに微《かす》かな震えを感じていた。この程度だと気付く者は少ない。震源はここより南東だろう。

空から見下ろす村はひどいものだった。痩せた子供がこちらを見上げていたが、反応している様子がない。もはや空に怪しげなものが飛んでいても気にする気力もないのだろう。視力にも影響しているのかもしれない。

飢骨がここに来れば、あの子供はなすすべもなく喰われてしまう。餓死した者が飢骨になり、飢えて死にかけている者を喰らう。

この現状を王都の連中は知らない。

ならば教えてやろう。

絶望というものを。庚が一つの国だというなら、分かち合え。

飢骨は魄奇《はくき》。魄奇とは死者の怨念から生み出された魔物。飢えて死んだ者の魂が集まった飢骨は中でも最も恐ろしいとされる。

飢骨が徐の滅びの象徴でもあった。ならば、庚の王都に飢骨が出ればどうか。民はそこに怒りと滅び行く国を見るだろう。

まもなく裏雲は大地を突き破って現れた巨大な飢骨を見た。

「……可哀想に」

死して尚、こんな姿になる。

飢えはおさまらない。

私と同じだ。きっと本当はもう死んでいて、こんなことをしているのかもしれない。

裏雲は滑空すると、頭蓋骨の前に出た。黒翼仙を食べようとはしない。飢骨もちゃんと選んでいる。

裏雲は両手の指で球体のような形をつくり、術を呼び出す。

恩人たる白翼仙を殺して手に入れた術は多い。その中でも、飢骨を操るという大技だ。

これで飢骨を人のいない方向へとできる限り導くのだ、本来の使い方は。

だが、裏雲は飢骨に王都へ向かえと誘った。そこには食い尽くせないほどの人がいる。存分にその飢えを癒やせと。

これほどの復讐はない。なのに心は冷え冷えとしていた。

術が終わり、飢骨は再び地に潜った。土煙が消えた頃には、すっかりその姿は見えなくなった。だが、飢骨は地中から西へと向かう。

小さな村などには目もくれず、王都泰灌《たいかん》を目指す。

(これで私は殿下と同じところには行けないだろう)

師匠を手にかけたときから、わかっていたこと。

飢骨を先導するように裏雲は飛んだ。


後宮の自室に戻ると、裏雲は疲れて体を横たえた。

あとは明日の夕方あたりには飢骨が到達するだろう。それまでにまだやることがある。夜の王宮は静まり返っていた。

まもなくして、床下から猫が入ってきた。猫はすぐに少女の姿になる。

「見つけた。いつでも連絡できる」

宇春は実に有能だった。宿屋を中心に王都を駆け回ってくれたのだろう。

「世話になるね、宇春。では、用意をしようか」

寝台から起き上がると、裏雲は薬草などの用意を始めた。ある意味、毒を作るより難しいこの作業のせいで徹夜になりそうだ。

朝になり、調合をし終えると薬包にして宇春に渡した。

猫はこれを持って地下牢に忍び込み、健峰に渡す。飲み終わったのを見届けて薬包を回収し出て行く。

これで今日の処刑はなくなる。そのあと王都は……

「さて、今日は一日後宮仕事だよ。見届けるのは難しいだろうな」

「裏雲は後悔しないか」

宇春には多くを語っていないが、だいたい察しているのだろう。心配そうに顔を上げてくる。

「私は後悔しかしてないよ」

徐国の寿白殿下に寄り添う以外の人生などない。殿下は後宮に何十人もの美女を抱えることになっただろう。そのうちの一人が王后となる。だとしても、たいしたことではなかった。

殿下は半身だった。趙悧諒《ちょうりりょう》とて妻を迎えなければならなかった筈だ。

離れてはいけなかった。手のひらから零《こぼ》れた砂が戻ることはない。

身なりを整え、後宮に赴く。誰も今日何が起こるかを知らない。天はもっと早く私を焼くべきだった。

裏雲はひどく疲れていた。

下っ端の宦官が一人処刑されようとも、日常は何も変わらないようだ。裏雲もそう思っていた。今日も未来も変わりはしないと。

昼を過ぎた頃、ぱたぱたと宦官が一人駆け寄ってきた。健峰のことを教えてくれた馴染《なじ》みの宦官だ。

「裏雲殿、よろしいでしょうか」

「どうなさいました、そんなに慌てて」

「健峰が処刑の前に倒れたのです。今意識もなく、医者が向かいましたが」

どうやら首尾良く進んでいるようだ。

「医者ですか。これから処刑する者を医者に診せてどうするのやら」

「丞相閣下は処刑したいのですよ。それで立てるようにしろと騒いでいます」

「で、立てそうなのですか？」

「いいえ、一向に目を覚まさず、脈は弱くなるばかり。獄に入れられたとき折檻《せっかん》されましたから……いえ、実は私はこのまま意識を戻さないでくれればと思っています。その方が……」

裏雲は書類を閉じた。

「私もそちらに参りましょう。丞相閣下が苛立《いらだ》って意識のない健峰を殴りかねない」

「そうしてもらえましたら」

後宮を出て、地下牢へ向かう。

日は西に傾いていた。かすかな大地の震動を足の裏に感じる。他の者はまったく気付いていないようだが、飢骨は確実に近づいているのだ。

「さきほど、健峰の身内と名乗る若い男が処刑が済んだのなら遺体を引き取りたい、と荷車を引いてきまして、裏にいます。よく似ていますから、間違いなく兄弟だろうと私の権限で待たせていますが」

「それは良かった。引き取り手がいないのは気の毒ですからね」

そんな話をしているうちに、地下牢に着く。薄暗い階段を下りていくと、丞相の怒鳴り声が聞こえてきた。

「何をやっている、生き返らせないか」

「無理です。今、息を引き取りました。脈もなく瞳孔も開いています。死亡です」

「ええい、死んだふりをしているのだ。首を刎《は》ねろ」

こんなことを言い出すのではないかと思っていた。裏雲はその場に行くと動かない少年宦官の手を取った。

「亡骸《なきがら》です。閣下、これ以上はよろしいのではありませんか。たかが下級宦官、手間をかける必要はないかと」

健峰は安らかな死に顔をしていた。

「そなたには関係なかろう、裏雲。こやつは私に怪我を――うわっ」

地面の下から突き上げるような大きな衝撃があった。同時に地上から悲鳴が聞こえる。

「地震か？」

揺れが収まるまで、その場で頭を押さえていた丞相が立ち上がる。

「皆様方、一大事でございます。飢骨が現れました。とてつもなく大きな」

上から兵が駆け下りてきた。

「馬鹿な。飢骨だと？」

「都に飢骨が出るなど……まさか」

その場にいた兵が駆け上がる。それに続こうとした丞相に裏雲が声をかけた。

「この亡骸は身内に返してよろしいですか」

「勝手にしろ、それどころではないわ」

よたよたと地上に戻って行く丞相を見送り、同僚の宦官に目をやる。すっかり怯《おび》えているが、ぽんと肩を叩いた。

「地上のことは閣下と兵に任せて、私たちはご遺体を兄弟に引き渡してあげましょう」

兵にも手伝ってもらい、健峰を地上に上げた。

向こうには土埃《つちぼこり》があがり、家屋の壊れる音と悲鳴が上がっていた。この位置からは飢骨までは見えなかった。

城外裏手に待っていた少年がいた。目を合わせると、心得たというようにこくりと肯いた。

この少年こそ、朱可に路銀と手紙を届けた、越の密偵謝楓《しやふう》であった。銀河遺跡の山で朱可と話しているのは見ている。一目見て、すぐに健峰とよく似ていることに気付いていたのだ。おそらく双子なのだろう。

「引き渡していただきありがとうございます。お世話になりました」

謝楓は深々と頭を下げた。荷車に体を乗せ、その穏やかな顔を眺め、少し涙ぐんだ。これは演技ではなかっただろう。生き別れた弟に会えて感無量だったに違いない。

「半日経たずに目を覚ますだろう。王都から離れておくといい」

同僚に聞かれないように、これだけは謝楓の耳元で囁く。

「弔《とむら》ってあげてください。街はあのとおりだから気をつけて」

「はい……国とは生き物ですね」

土埃を見上げ、謝楓はつくづくと言った。荷車を引き、去って行く。

「兄弟に引き取ってもらえたのがせめてもの慰めです」

この同僚宦官は人が良い。少しもらい泣きしているようだった。

「行きましょう。まだ混乱しているようだ」

一時的に仮死になる毒を健峰に与え、飢骨が襲来する。うまくいったものだ。調合を間違えれば死に至る危険な賭けだったが。

王都の民より健峰一人を選んだわけではない。これは庚を滅ぼすためには避けて通れないことだった。

そしてこの目でおのれの罪を見届けなければならない。喰われる人々を。

王都には誘い込んだが、細かい位置まで指定できるわけではない。飢骨は城の表側に現れた。裏側から見えるところまで行くにはけっこうな時間がかかった。

「あれは……」

裏雲が城壁に上ったとき、目にしたものはちょうど飢骨が崩れ落ちていくところだった。

何が起きたのか、砂埃《すなぼこり》と骨粉でよく見えない。こんなに早く飢骨が崩れるとは裏雲も予測できなかった。

(だが……大勢を殺した)

城壁の上には寒々とした風が吹いていた。

四

荒れた街を片づけながら、朱可は吐息を漏らした。

あの日、ようやく王都に到着した。土埃はまだ街を覆っていて、大きな飢骨が現れたのだと知らされた。

胸は重く、やりきれなかった。

これが裏雲の計画だったのだ。私は止めなかった。止めても同じ結果だったとは思うが、それでも止めるべきだったのだろう。

運ばれていく無残な亡骸を見ては震え、嘆く人を見ては申し訳なく、こんなことはあってはいけないのだと思う。

ただ、それでも裏雲を責める気にはならない。

「飢骨ってのは恐ろしいものなんだねえ……あたしら本当は何もわかっちゃいなかった。王都だけは大丈夫だと思っていたのに」

瓦礫《がれき》に腰をおろしていたおばあさんがつくづくと言った。

「何人飢えて死んだら、あんなでかいものができるんだろうな」

「わしは徐が良かった。徐国の者だと思うと誇らしかった。今はもう……」

「しっ、そんなこと言うもんじゃないよ。聞かれたら大変なことになる」

そんなひそひそ話も聞こえてきた。

でも、彼らは徐を守らなかった。その想いが裏雲の根底にあったように思う。何が正しいのかなんてわからない。

片づけるたびに埃が舞う。頭巾を巻いて顔を半分隠し、朱可は懸命に手伝った。瓦礫から若い女性の亡骸が出てきたときは鼻水まで垂らして泣いた。

だが、裏雲がこれをしなかったら飢骨は発生した地域を壊滅させていたのだろう。どっちが死者が多かったのか。

裏雲とて好きで冷酷な黒翼仙になったわけではない。

(私は二度命を救われた)

城は無事だったようで、ここからもよく見えた。あの巨大な壁の中に後宮もあって、裏雲はそこにいるのだろう。

何を想っているのか。辛《つら》くはないのか。

「とんでもないときに王都に来ちゃったんだね。手伝ってくれてありがとう」

若い町娘に声をかけられた。

「ううん、大変だったでしょ。家は大丈夫?」

「うちは王都の外れだから。おねえさんこそ、知り合いでもいたから来たんじゃないの。その人大丈夫だった？」

「たぶん……そう簡単に死ぬ奴《やつ》じゃないから」

苦笑してしまう。別に裏雲を追いかけてきたわけじゃない。予定どおり、旅をしているだけだ。

「いつか、桃源祭《とうげんさい》がまたできたらなあって思ってるんだけど、もう絶対無理なのかもね。ちっちゃいときほんとに楽しかったからさ」

「桃源祭って徐のときに盛大にやっていたお祭りだよね。そうか……そういう楽しいことも全部なくなったんだね」

「そうだよ。おねえさん、どんな山奥から来たの？　ね、いい宿が——あ、あそこも半分壊れたから無理か」

ちぇっ、というように娘は唇を噛《か》んだ。

「どんな祭りだった？」

「徐の天令に感謝するの。街中飾り付けして、歌って踊って」

「へえ、楽しそう」

「って言ったって、あたしも天令なんか見たことないけどね。たぶん、徐が潰れたとき愛想尽かして消えたんだわ。だって庚なんて天と関係ないもの」

「それはもう少し小声でね」

瓦礫の片づけにあたる兵士も多い。もちろん兵士の中にも同じことを思っている人はかなりいるだろう。

「ああ、なんかいるらしいね、こういうの告げ口したり、調べたりしてお金もらっている人がさ。嫌になるよ。でも、人の口に戸は立てられない。みんな我慢できなくなってきているもん」

そういうことなのだろう。王都に現れた飢骨は人々の忍耐を打ち砕いた。片付けを手伝っているだけで、それを感じる。

「泊まるとこないならうちに来るって言ってあげたいとこだけど、うちもすでに二人居候がいるからなあ」

「心配しないで。野宿には慣れてるから」

家を失った人たちが広場で野営していた。そこに交ざればなんとでもなる。

「わかる、おねえさん、逞《たくま》しそうだもん。じゃあね」

額の汗を拭い、娘は去って行った。彼女の方がよほど逞しい。

日が暮れ、皆疲れた顔で広場に横たわっていた。焚《た》き火をしていて、寒くはない。あちこちで囁き声がする。

「王のせいだ……徳がない」

「前の王は情け深い方だったのに」

「悔やまれてならないよ、あのときは熱に浮かされていた」

心からの想いだっただろう。その思いも、しっかりと〈天下古今〉に記しておきたい。

体は疲れても眠れない。揺れる炎を見つめ、このあと裏雲が何をするつもりなのか考えてみる。

おそらく、庚王の暗殺だろう。術除《よ》けに毒味、徹底した警戒をしているらしい。それだけ恨まれていることを自覚しているということでもある。裏雲はそこを突破するために宦官になったに違いない。

(私はここにいて、どうなるのかを見届ける)

改めてそう思ったとき、少年だろうか、頭巾をかぶった男が近づいてきた。

「……！」

思わず声を出しそうになったが、押しとどめる。頭巾の下の顔は間違いなく路銀と手形を持って来てくれた密偵謝楓だった。少年は人差し指を口元にあて微笑んだ。折りたたんだ一枚の紙を差し出す。

小さく肯き、その場を立ち去っていった。間違っても誰かに会話を聞かれたくなかったのだろう。

朱可はすぐに手紙を開いた。

偉大な史述家さん。おれは無事に弟に会えました。詳しいことは書けませんが、猫の暗魅を使う人に助けられました。弟を連れ帰るつもりです。王后陛下も喜んでくれるでしょう。おれたち兄弟はあのお方とは遠戚にあたりますから。

いずれあなたとも向こうで会えるかと思います。この紙は燃やしておいてください。これからの徐国に幸あれ。


猫の暗魅……少しだけ口元が緩んだ。あの黒い翼は冷たい復讐者というだけではない。随分と複雑な生き物に仕上がっている。

瑞英《ずいえい》様と遠戚、やはりそうかと朱可は納得した。韻郡の小貴族に瑞英王后の姉が嫁いでいる。そのへんも父の記述にあった。出自は庶子かもしれないが、謝楓たちはおそらく姉姫の孫にあたるのだろう。

焚き火の中に手紙をくべ、朱可は横になった。

「聞いたか、飢骨を倒してくれた男の話」

「ああ、おれも見た」

近くで男たちの囁き声が聞こえてきた。集中して耳をそばだてる。

「曲刀を飢骨の頭に突き刺したんだよ。そこからあのでかい骨が崩れたから、間違いないだろうな」

「そんなことができるものなのか。陛下が昔似たようなことをしたって話はあったが」

「今の王様なわけないだろ。あんなものはホラ話だ。もうみんな知ってる。若い男だよ、背骨を駆け上がっていったんだ。なんというか、神々しいくらいの姿だったよ。おれはあれに救いを見た」

驚くような話だった。曲刀を持った男を旅の途中どこかで見たような気がするが、どうにも思い出せない。

だがきっと、この国で何かが動こうとしている。


さらなる騒ぎが起きたのは数日後だった。

王都の若者たちが反乱勢力として捕まったのだ。朱可が顔見知りになった青年もいた。どうやら、街の復興に関することで集まっていたらしい。中には王政の不満を漏らす者もいたようだが、基本は飢骨に破壊された街を取り戻すための話し合いだったようだ。

今、集会には目を光らせているらしい。飢骨の王都襲来はそれほど王政にとって大きな事件であった。耐えてきた人々の意識も変わっていこうとしている。

だが、実際王政を転覆させるなど不可能に近い。確かに庚はそれをやった。しかし、資金がどこから出たのかを知る者はいない。

病の床にあるという王はそれを秘めたまま死ぬだろう。父、潘道慶《はんどうけい》も疑問を記していた。

『国をひっくり返すには莫大《ばくだい》な金がいる。庚王がそれをどうやって手に入れたのかは側近ですら知らなかった』

つまり裏に強力な支援者がいたということ。

だが、今この都で王政をひっくり返したいと思う者がいたとして、支援者などいるとは思えない。恐怖と貧困で統治されてきた庚にそんな余裕のある者はいないように思えた。

裏雲は知恵を授けることはできても金銭的支援ができるわけではないだろう。そもそも裏雲は自分一人で庚を倒そうとしていて、そのあとのことに興味がない。

もし、庚を倒す勢力に援助する者がいるとすれば、それは越の正王后しかいないのではないか。正王后にとって庚王は仇《かたき》だ。

だが、正王后はしない。そういう方ではない。他国を支配下に置くと疑われかねないことをする方ではない。越だって屍蛾の襲来を間近にしている。

とはいえ、反乱軍を支援するとしたら、そのくらいの大物でなければ不可能。

王都には緊張と絶望が漂っている。不穏な空気はよそ者の朱可にも痛いほど感じられた。

広場でたくさんの若者が処刑されようとしている。もちろん、見せしめなのだ。自分たちがしてきたことを他の者にされたくない。民は敵だ。多くの民が担いでなしえた〈易姓革命〉だっただろうに、もはや人心はそこにない。

「おい、処刑は明日だぞ」

どこかから叫び声がした。

「なんだって」

「そんなっ」

悲鳴が上がる。捕まった青年たちは多くの者たちと知り合いだったのだろう。泣き崩れる女もいた。

朱可はやりきれない想いで、その場を離れた。何もしてやれることはないのかと苦しくなる。

「おや、おまいさん」

聞き覚えのある声がして振り返ると、恰幅《かっぷく》の良い年配の女がいた。

「丹丹《たんたん》おばさん？」

以前、辺境の街の浴場で一緒になった気さくな女だった。

「どうしてこんなところにいるんだい」

「おばさんこそ」

丹丹は肩をすくめた。

「あのあと荷馬車に乗せてもらってきたんだよ。都じゃないと手に入らないものもあるからね。今はここに娘がいるし。辺境はなんにもない。来てみたらこのありさまさ……」

「私も同じようなもので。今は片付けの手伝いをしてるとこ」

「どうなっちまうんだろうね……この国は」

「聞いた？　明日のこと」

丹丹は小さく吐息を漏らした。

「酷《むご》い話だよ。あたしはもうわからなくなってしまった」

嘆く女の肩を抱く。この人は話し方や体型など、伯母に似ている。どこにでもいるお節介で朗らかな母親だ。

「ところでおまいさん、荷物を背負って片づけてたのかい」

「宿の空きがないから野宿だもの」

「なら、うちにおいで。ああ、娘の家だけど気兼ねはいらないよ。娘の婿さんは仕事で当分帰ってこないんだ」

確かに荒れた王都は知人もいない女一人にはきついものがあった。何度か危ない目にも遭っている。

「いいの？」

「もちろんさ。さ、粗末なものしかないけど何か食べるといいよ。お湯で体も洗った方がいいようだね」

「ありがとう、もう自分が臭くて辛かった」

体が洗えるかと思うと心底嬉しかった。王都の川はほぼ下水で、沐浴《もくよく》などできるものではない。山越えのときより汚れていたのだ。こんなことには慣れている朱可もさすがに限界だった。

いろいろ思うことはあるが、まずは体を浄《きよ》めたかった。

翌日は朝からうるさかった。

広場で処刑の準備をしているようだ。一人二人ではないから、手間がかかるのだろう。かなり残虐な刑を予定しているらしい。

（見たくない……）

見届けることを旨とした史述家ともあろうものが、今回ばかりは耐えられそうになかった。

「やだねえ、いっそ早く終わってほしいよ」

丹丹は外を見るのも嫌なようだった。

「母さん、やめて」

丹丹の娘の方は青ざめていた。娘は朱可よりいくつか年上で、名を絹桂《けんけい》といった。母親と違い、線が細く弱々しい風情をしている。心配でならないという表情なのは、普段からそうなのか、たまたまこういう時期だからなのか、昨日会ったばかりの朱可には判断できなかった。

「こんなこともう嫌よ。こんなおぞましい国はないわ。何故、徐の王様や王太子様を殺したの」

泣き出す娘を母親が慌てて止めた。

「おまえこそそんなこと言っちゃいけないよ。どこに奴らの耳があるか」

王都の下町は家が密集している。小さな家の中で話したことも聞かれるおそれはあるだろう。暮らしは辺境の方が悪いが、恐怖は王都にこそ蔓延《まんえん》していた。そこに飢骨が現れ、国を憂えた青年たちが処刑される。それなのに、民にはもはや抗《あらが》う力もない。どこにも希望などないのだ。

「母さん、私たちきっと罰が当たるわ。怖いのよ。怖くて仕方ない」

これほど精神的に不安定になっている人の家にお邪魔して良いものだろうかと朱可

は考え込んだ。この怯え方は尋常ではない。

母は娘の肩を抱き、寝室へと促した。

これも裏雲にとっては庚の滅びのための過程だろうか。もちろん、庚王の非道に裏雲が関わっているわけではない。宦官に止める術《すべ》もないだろう。

処刑が近づく中、朱可は意を決して外に出た。

(これも歴史になる)

そう思えば逃げるわけにいかない。

どれほど酷い光景でもこの目で見ておく。朱可は広場に向かった。王都の中央にある広場には罪人をくくりつける棒がいくつもたっていた。

どうやら凌遅刑《りょうちけい》らしい。肉をそぎ落として殺していくという最も残酷な処刑だ。見せしめにはちょうど良いのだろう。

本来ならこの広場は祭りなどを行うための憩いの場であったに違いない。少なくとも徐ではそうだった。徐は公開処刑はしていない。

だが、庚国ではここで行われることが多いらしい。寿白殿下と趙将軍の首もここに晒《さら》されたという。

(……おぞましい国)

絹桂はそう言っていた。そのとおりだ。

念のため頭巾で顔を隠し、朱可は街を歩いた。裏雲か宇春が来ているのではないかと気になったからだ。

裏雲たちには会えなかったが、そのうち朱可は数日前に話をした若い娘を見かけた。名前も聞いていなかったが、家に居候が二人いると言っていた娘だ。

今日は不安そうな顔で辺りを見回していた。もしかしたら処刑される者の中に知り合いでもいるのかもしれない。

声をかけようかと思ったとき、大きな声が上がった。罪人たちが連れられてきたらしい。皆、そちらの方に目が行く。兵たちも多く、物々しい警戒だった。おそらく仲間が現れるかもしれないと考えているのだろう。

縄でくくられ一列に歩かされてきた青年たちは半裸で傷だらけの姿だった。その中に夫でもいたのか、泣き叫ぶ女の声がした。

この悪夢は人々の心にどれほど耐えがたい傷を残すのだろうか。

目の前で男たちが棒にくくられていく。これから長い残酷な処刑がはじまってしまう。

(天よ……!)

朱可は初めて天に祈った。

ちょうどその時だった。どこからか、口笛らしき音が高く響いた。それに続き、振動が近づいてきた。蹄《ひづめ》の音が響き、いななきが聞こえてくる。

広場を挟み撃ちするようにたくさんの馬が駆けてきた。見物人たちが我先にと逃げていく。

何が起きたのかと、朱可はふんばって目を凝らしていた。気がつけば一人の男が兵を相手に戦っている。顔を半分隠しているが、若い男のようだった。処刑されかかっていた青年たちの縄を切ると、馬に乗り逃げるよう指示しているようだった。

(何者?)

裏雲ではない。だが、のぞく目元はどこかで見たような気がした。

私が旅をしている間に、この国では大きなことが起きている。すべてをひっくり返すほどのことが。ぞくぞくと体が震えた。

青年たちを乗せた馬は大通りを走り抜けていく。このまま門扉の外に逃げていくのだろう。

兵たちが逃がすまいと動き出し、孤軍奮闘していた覆面の男が追い詰められた。次の瞬間、奇跡は起きた。

目映《まばゆ》い光が放たれ、そこら中に広がった。目を開けていられないほどの光だった。

ようやく収まって、目蓋《まぶた》を開くがまだ視界は白いまま。視力がすぐには戻ってこない。ただ混乱の声だけは聞こえる。

視力が戻った頃にはすべてが終わっていた。

処刑される筈だった者たちのほとんどが逃げ、多くの兵が目を押さえうずくまっていた。

「……天の光？」

そうとしか思えなかった。

だとすれば、それは何を意味しているのか。

あからさまなことはなかったが、王都の者たちは興奮していた。王政の威信をかけた公開処刑をただ一人の男に潰され、ひどい死に方をする筈だった青年たちは逃げていた。そしてあの光。

かつてない希望を見ただろう。間違いない、この国は大きく変わる。朱可も胸のざわめきが止まらない。

丹丹の家に戻った朱可だが、ただいまと言っても誰も応えてくれなかった。

「丹丹おばさん、絹桂さん？」

二人とも嫌がっていたけれど結局処刑を見るために外に出たのだろうか。なにはともあれ、この興奮を書き留めておかなければならない。

そう思い、奥の部屋の戸を開けたとき、いきなり棒のようなものが振り下ろされた。朱可はすぐさまそれを避けると、床に倒れ転がる。

「おばさんっ、どうして」

丹丹が棒きれを持って立っていた。その目は血走り、いつもの人の良い表情はない。立ち上がりかけた朱可に再び殴りかかる。

「あんた、越の密偵ってやつだろ」

振り回された棒をかいくぐり、朱可は丹丹に飛びかかった。女一人他国を回ろうというのだ。朱可もそれなりには鍛えていたつもりだ。

「そんなんじゃない」

「嘘《うそ》つくんじゃないよ。あんたみたいなのを捕まえれば褒美《ほうび》がもらえるんだよ。あたしゃ、越の訛《なま》りがある奴はすぐわかるんだ。何か帳面に読めない字を書いてたのも見たんだよ、浴場の脱衣場でね」

「つけてきたのっ」

「途中でわからなくなったけどね、この都で見つけた。逃がしはしないよ」

取っ組み合いになりながら、怒鳴り合っていた。重さに勝る丹丹をひっくり返すのはさすがに難しい。

「それを確かめたくて家に招いたっての。おばさんのこと、いい人だと思ってたのに」

「みんなそう言うよ。あたしみたいなのが一番疑われないんだ。陽気で太った中年女。だからこの仕事にはうってつけなんだよ」

丹丹は馬乗りになって、朱可の首を両手で絞め上げた。もがいてみるが、驚くほど力強い。あまりの苦しさに気が遠くなる。

「やめて、母さん」

絹桂の声が響いた。

「この女を突き出せば、またしばらくなんとか親子二人暮らしていけるんだよ」

「もう嫌なのよ。こんなこと続けるくらいなら死んだ方がいい」

娘は母にすがりついた。

「処刑を邪魔してくれた人がいたわ。おかげでほとんどの人が逃げられた。でも、斬られた人もいて……私のせいなのよ。天は私たちを罰するわ」

「天が何をしてくれたって言うんだい」

丹丹の力が緩んだ。ふくよかなその体を朱可は思い切り押しのけた。

「光ったの見たよねっ……あれが、きっと」

きっと天の意思。朱可は喉元《のどもと》を押さえ、苦しい息で声を上げた。

「ごめんなさい、朱可さん。私たちこんなことをして生きてきたの。人売りなのよ。夫なんかいない、女二人、そうでもしなきゃ生きられなかったの。父さんは城を攻められたとき死んで……私は病気ばかりして、もう……許して」

絹桂は朱可の前にひれ伏して泣いた。その様子を見て、丹丹の方もがっくりと膝を落とす。

「もしかして、あの人たちが捕まったのも……？」

あれも密告があったと噂《うわさ》されていた。

「どこで集まっているか探れって言われたの。母さんじゃない、私が売ったのよ」

「違うよ。全部、あたしだ。娘にまでこんなことさせた……ごめん、ごめんよ」

母と娘が手を取り合ってすすり泣く。娘の方はすっかり神経が参っていたのだろう。処刑がなくなったことに誰よりも安堵したのかもしれない。

「ねえ……こういう仕事からは手を引いた方がいい。もう庚は終わると思う。今の王様や丞相についていてもいいことないよ」

「おまいさん……どうしてそこまで言えるんだい」

首をさすりながら、朱可は笑った。

「私は史述家。天下四国の歴史を記しているの。祖父の代からの家業よ。私は庚が終わるところに出くわしたみたい。だから忠告させて――ここから出ていった方がいい。今度は庚の側にいた人が苦労するかもしれない。歴史ってね、たいていそういうものだから。本当はそういうの良くないんだろうけど」

「おまいさんを殺そうとしたんだよ、あたしは」

うなだれる丹丹の手を取った。

「けっこう死にかけたもの。この程度はもう修羅場でもないよ。でも、おばさん強いわ。また勉強になった、人は見かけによらないって」

若い女の史述家なんて、と侮られていた自分が、丹丹曰《いわ》く〈陽気で太った中年女〉を人畜無害と侮っていたのかもしれない。

「ごめんよ、本当に……すまなかった」

「いいってこと。でも、私は人の忠告聞かないけど、おばさんたちには私の忠告を聞いてほしい。誰でも脛《すね》に傷くらいあるもんよ。満身創痍《そうい》で重いもの背負っている男を知っているわ。それでも命があるうちはしょうがない」

人が諦めて簡単に死んでばかりだったら、歴史も文明も何も残らなかった。しぶといから今がある。

「生き抜こうね、お互い」

女三人、またちょっと涙ぐんだ。

五

王都は厳戒態勢に入った。

飢骨の襲来のあとに、公開処刑をただ一人の男に邪魔され、目映い光が放たれたのだ。もはや庚王と丞相の面目は丸つぶれ、唯一期待されていたであろう孫江亥もいない。

辺境警備に当たっていた楊栄《ようえい》将軍も王都に呼び戻されたという。

庚国十年、評価されるべきところは何もなかった国だが、始まって以来の存亡の危機であることは誰もが察していただろう。

朱可は静かに来るべき時を待っていた。

丹丹と絹桂の母子はすでに王都を脱出している。最初に丹丹と出会った町に戻るらしい。二人が暮らしていた小さな家に朱可は残っていた。

城も広場も近く、ちょうどいい。ちゃっかり、王都での住まいにさせてもらい、朱可は記述をまとめていく。

あまりにもいろいろありすぎて、史書として信用されないのではないかと不安になるくらいだ。

気になるのは〈寿白殿下〉が捕らえられたという噂。

耳を疑ったものだ。滅亡した徐の王太子が今になって捕まるとはどういうことなのか。殿下は六年前に逃亡中死に、その首級は王都の広場に晒された筈。何がどうすれば、今捕まるのか。

家の中でうんうん唸《うな》っていてもわかるわけがない。

「私は歩く史述家だ」

自分の目と耳で確かめようと家を出た。

もし、本当に寿白殿下が生きていたというなら、裏雲は今どんな気持ちなのだろうか。捕まっているというのはどういうことなのか。

裏雲に会えればいいのだが、おそらく向こうは忙しいに違いない。単なる噂の可能性もあった。なにしろ、今この国に最も求められているのは英雄だからだ。

今のこの状況から救ってくれる者、そんな人物像に相応《ふさわ》しいのは死んだ筈の王太子だ。

皆が徐を滅ぼしたことを悔やんでいる今だからこそ、尚更だろう。もし寿白殿下が生きていて、再び徐が甦《よみがえ》るというならこれほどの希望はない。

丘の上にある巨大な城を眺めながら、朱可は歩いた。警邏《けいら》中の兵たちにも緊張感が見え、下手なことはできない。

吹く風に春を感じ始めた。徐の頃は桃の花の並木道があり、えもいわれぬ美しさだったと祖父も文章を残していた。この季節になると王都の人々は徐を恋しく想ったのかもしれない。

英雄が現れる舞台は揃った。

だが、裏雲は殿下が生きているかもしれないなどと少しも思ってはいなかった。それはそうだろう。父親の首とともに晒されているのだから。

つい立ち止まり、しげしげと城を見つめていたら、不審に思われたか兵が一人近づいてきた。逃げるわけにもいかず緊張していると、猫が一匹兵に向かって飛びかかっていった。

「なんだ、この猫は、やめろ」

兵士が手で猫を払うが、尾を逆立てた猫は簡単には引き下がらない。

(宇春……！)

助けてくれたのだろう、朱可はそのまま足早に立ち去った。近くの小路《こうじ》に入り込む。

兵をあしらい、宇春は少女の姿になって朱可のそばに駆けつけてきた。

「助かったわ、宇春」

表情こそ乏しいが、可愛らしい少女がそこにいる。

「何をしている」

「こっちが訊《き》きたいわよ。あのあと、ずっと会えなかったから」

「忙しかった。探さなきゃならない人間もいた」

「ああ、謝楓ね。兄弟を探してくれたんでしょ」

「兄弟ではなく、謝楓というのを探した」

裏雲は謝楓の弟を知っていた。だから王都に来ているであろう謝楓の方を探した。宇春は言葉足らずのところがあり、要領を得なかったが、どうやらこういうことらしい。

「あの子、喜んでいたよ。宇春のおかげ」

「裏雲に言われただけだ」

「ね……裏雲に会わせてくれない？」

「今、混乱している」

裏雲も城の中も、ということらしい。

「裏雲の大事な人は生きているの？」

「話してくれない。わたしは訊かない」

確かに使役している暗魅に打ち明け話をするような男ではない。宇春は言われたまま動いているだけだろう。

ときどきこの子が羨ましくなる。とても単純明快に生きている。猫が猫であるように。人として生まれるというのは、実は一番の貧乏くじなのではないかとすら思えるほどだ。

「でも、裏雲はもうじき後宮から出られる。わたしはそれが嬉しい。あそこは空気が悪い」

「そうか……本当にもうじきなんだね」

大きなことが起きる。裏雲はその流れを作り、まさに渦中にいる。

「私はまだしばらく城下にいる。もう一度会いたいと伝えてくれる？」

「伝えるのはいい。ただどうするかは裏雲の勝手だ。わたしは戻る」

あたりに人がいないことを確認すると、宇春は猫になって去って行った。朱可も歩き出す。

店に立ち寄ったり、小路で顔を合わせた人と立ち話をしているうち、寿白殿下に関する話を聞くことができた。

飢骨を倒したのも、公開処刑を止めたのも、すべて寿白殿下だったというのだ。俄《にわか》には信じがたいが、夢のような話が人から人へと伝わり、大きな期待が膨《ふく》らんでいるようだった。

寿白殿下は名を偽り、従者の少年とともにとある民家に潜んでいたが、兵に捕まり獄塔に捕らえられているという。庚王はこっそり処刑するつもりなのだと。なかには、実は味方の助けでもう逃げ出しているらしいという話まであった。

こうなると何が本当なのかさっぱりわからない。

ただ、この噂を打ち消そうと王政は躍起になっているようだ。ここで亡国の王太子などに現れられては庚は滅ぶしかない。天下四国において正統なのは徐国。庚王ですらそれがわかっているのだ。十年前の易姓革命などまやかしだったことを。

死んだ筈の寿白殿下が救国の英雄としてやってきた——そんなことがあるものなのか。史述家は夢を見ない現実主義者だ。簡単に信じることはできない。民衆とは勝手に盛り上がって勝手に白けるもの。そのツケが自分たちに来るというのに。

「でも……」

朱可も本当であることを願いたかった。裏雲のためにも。

翌日、王都は熱狂にあった。

「寿白殿下を守れ」

それが皆の合い言葉になっていた。

待ち望んだ英雄を今度は自分たちが守らなければならないと、王都の民は立ち上がったのだ。今度こそ、死なせるわけにはいかない。

気運は高まり、多くの者たちが城へと向かっていた。庚王も寿白もあの壁の中にいる。今こそ二人の王から正しい方を選び取る。民衆は興奮のままに城を目指す。

比較的落ち着いた気質を持つ越ではおそらく見られない光景だろう。この熱狂は国民性なのだ。祖父も父も天下四国の中での民の考え方や意識の違いについて特筆していた。基本、言語も宗教も同じ筈だが、そこには差違が生じる。

越の民である朱可にはなかなかの見物であった。気候もあるだろうが、始祖王の持つ個性が生かされているのかと思うと興味深い。

曹永道《そうえいどう》と蔡仲均《ちゅうきん》、この正反対の二人が出会ったことから始まった天下四国がまだ終わる筈がなかった。

朱可は人々の波に加わった。

すでに血気逸《はや》った男たちが城に攻め込んでいる。あとから女子供も続いていく。城を落とそうとすれば、民と兵との間で多くの血が流れるのだ。それでも、この十年の落としどころを見たい。

寿白殿下が生きているというなら、裏雲のやり方も変わるだろう。未来のことを考えてもいいのだから。

(殿下が生きているなら徐国再興を目指す筈)

絶対、そうだ。本来それこそが裏雲の悲願だった。

城に近づくにつれ、声が大きくなる。城門を破ろうとしているようだ。そこに将軍格とおぼしき武人が現れ、兵に引くよう命じている。

「あのときの……」

朱可を見逃してくれた辺境守備の将軍楊栄だった。どうやらこの場の混乱を収めようとしているらしい。

兵を引かせているということは争う気はないのだ。何が起きるのか、朱可は固唾《かたず》を呑んで見守った。

「聞け、王国の民よ」

朗々たる若い声がした。城壁に一人の男が立っている。その姿に朱可は目を見開いた。はっきり見えるわけではないが、間違いない。

「我は徐国許毘《きょび》王《おう》の子にして第十六代徐王寿白。長らく帰ることができず、国に混迷をもたらしたことを心からお詫《わ》びする」

小坤で見かけた二人連れの軽い方——間男だ。

「あれが……寿白殿下？」

とうてい信じられない。会っていたなんて。

だが、城壁に立つ男は王と名乗るに相応しい品格があった。立派な甲冑《かっちゅう》も兜《かぶと》もない。隆々たる体軀《たいく》をしているわけでもない。それでもそこにいたのは秀麗にして凜然《りんぜん》たる若き王だった。

甦った奇跡——朱可は今この目でそれを見ている。

集まっていた民衆は驚きのあまり静まり返っていた。疑い、罵倒する声もない。た

だ黙って〈王〉を見上げ、その声を聞く。

寿白はこちらへ、と誰かを手招きした。壁の向こう側から男の子と女が上がってくる。その装束からして、王太子と后《きさき》だろう。

「ここにおるは簒奪《さんだつ》者の后ではなく、許毘王の寵姫彩鈴《さいりん》である。この亘筧《こうけん》もまた簒奪者の子ではなく我が弟である」

多くの者は混乱しただろう。憎き庚王の后と嫡男だった筈がそうではないと言われているのだから。

寿白はこれが徐をいつか再興させるためのやむを得ない策だったと語る。つまり、落城のとき王の子を懐妊していた寵姫はそれを隠し、庚王の王后として耐え忍ぶ日々を送ってきたということだ。

それが本当なら、十年前からとんでもない作戦が仕込まれてあったということになる。

(これよ、これ)

ぞくぞくしてきた。朱可が見たかった歴史の裏が目の前に現れているのだ。

「これより我は亘筧に徐王を譲位する」

どよめきがおこる。それはそうだろう、せっかく英雄王が帰還したというのに、まだ幼い弟に玉座を渡すというのだから。

いったい、何を考えているのか。裏雲の意見も入っているのか。この歴史的事件の外側に立つ朱可には意味がわからなかった。

何故なのか、と問う声。

本当に寿白殿下なのか、と疑う声すら出る。

当時の寿白殿下を覚えている者すら少ないだろうに、十年たっているのだ。庚王の子であった筈の亘覧に譲位するというなら尚更、彼は身の証を立てなければならない。果たして、寿白だということを証明し、この場を収めることができるのだろうか。

疑いをもっともなことと認めた上で、この身が王である証を見せる、と言い寿白は両手を天へと差し出した。

「天令よ」

雲を割るように光が降りてきた。天への道のように目映く白い、そこにわずかな人影が見える。どうやらこの見え方は人によって差があるようだった。かなりはっきり少年の姿を捉えている者から、見えていない者もいる。

(天令なの……?)

朱可はあまり見えない方だったようだ。ただ、何かが光の中を下りてきたのはわかる。

天令信仰の厚い徐の民にとってはどれほど神々しいものであったか、涙してひれ伏す者も出てくる。ただ、多くの者はこの奇跡から目を離せず、固唾を呑んで見守っていた。

寿白はこの状況で迎玉《げいぎょく》をしようとしているのではないか。

そうか、そういうことかと朱可は納得した。寿白はやはり体内に玉を収めていたのだ。それが叶《かな》った希有《けう》な、王の中の王だった。そしてそれを天令に返し、改めて弟に玉を授けてもらう。それさえ、民衆に見せてしまえば誰にも文句を言われない。

(昼ご飯、一緒に食べておけば良かった)

唐突に思い出して悔しくなる。誘いに乗っていれば、いろんな話が聞けたかもしれない。これはもう史述家潘朱可、最大の不覚だ。

「お預かりした玉をお返しいたすゆえ、我が弟に玉を授けよ」

寿白の体から暖かな色をした光の玉が浮き出て、差し出した天令の手に置かれたように見えた。これはもう、あくまでそのように見えるということだ。はっきりとした天令の姿は朱可に見えない。

ただこれは術師などによる幻影ではない。それだけはわかる。

——精進せよ。

そう言ったのは天令だろうか。新しい王に向けた声だ。男の子の中に玉は入らず、ただ手渡しただけだった。

これが普通の迎玉だろう。体内に宿した王は始祖王と寿白を含め、ごくわずか。ただこのへんは王政もあまり語りたがらない。真の迎玉を果たせなかった王を軽く見られては困るからだ。

ほとんどができないのは、能力の問題より乗り越えなければならない状況の違いなのかもしれない。

務めを果たし、光が消えていった。

この国ではこれでさらに天令信仰の熱が上がるのかもしれない。これほど多くの人の前に姿を見せたことなど後にも先にもないだろう。つまり、天は徐を選んだということがはっきりしたのだ。

「亘覧は王になった。我は天令の命により、これより諸国を旅し見聞を広めることとする」

天令が玉を授けるまでしてしまったというなら、もはや民衆からも異論は出ない。徐国はこういう形で復活したのだ。極力血を流すことなく。

歓声が響き渡る中、朱可は呆然《ぼうぜん》と寿白を見上げていた。虎にまたがり極悪の太府を退治したというのも、あながちでたらめでもないらしい。

王となった少年は一歩前に出ると、民を守るために最善を尽くすと誓った。可愛らしい声の中に並々ならぬ決意を漲《みなぎ》らせていた。

かくして徐国の復活の序章は幕を閉じ、負傷者の手当やその後の後始末へと移っていった。王都以外の庚軍が動き出すのはこれからだろう。争わずうまく移行させられるのか。一度手に入れた利益や特権を手放したくないのが人間だ。

新しい徐国に課せられた最初の使命は、内戦を引き起こさないということに他ならない。

六

朱可は暗い空を見上げていた。

人目につかないように移動する裏雲が動くなら夜だろうと思っていた。

もう一度どうしても会いたい。その一心で城の近く、人気の少ない場所を選んだ。果たして今日の今日、裏雲が動くかはわからない。愛《いと》しい殿下との再会を心ゆくまで楽しみたいに決まっている。

この夜は不思議と静かだった。

皆が安堵の眠りについているかのようで、街の空気が違っている。希望とはこれほど人に安眠をもたらすのだろう。

もちろん、王都を出た小隊がいくつかあった。事態を報《しら》せ、今後は徐軍として動くよう根回しするためだ。王都の者でなければ、今日何があったかを知らない。取り囲む地方を押さえないことには安寧はない。

指揮をとっているのは寿白殿下なのか、その動きは早かったと見た。

そんなことを考えていると、空に黒い大きな翼が見えた。裏雲に間違いない、と朱可は飛び跳ねて両手を振った。猫の宇春が一緒なら夜目が利く。気付いてくれるかもしれない。

王都の外まで飛び去ろうとしていたのかもしれない裏雲がこちらに向かってくる。気付いてくれたようだ。

黒い翼は夜に溶け込み、男が一人ゆっくり下りてきた。裏雲は今までとは少し表情が違って見えた。

(これが憑《つ》きものが落ちたってやつね)

しみじみとそう思ったものだ。いい顔をしている。

「裏雲、徐国復活の舞台見せてもらったわよ」

「ふん……あの茶番を見たのか」

裏雲は力なく笑っていた。その胸元には猫がいる。驚いたことに腕には蛇が巻かれていた。

「寿白殿下が生きていたなんて凄《すご》いよね。そんな隠し球持っていたの？」

「知ったのは数日前だ。私たちがあの遺跡で泥団子の奪い合いをしていた頃、南異境から帰ってきた殿下はひたすら王都を目指していたというわけだ。我ながら間抜けな話だろう」

そういうことになるのか。確かに裏雲にすれば悔しいだろう。真の徐の秘宝は東ではなく、南からやってきていたのだ。

「でも、会えたじゃない」

「そうだな。まだ夢を見ているようだよ。だが、もっと早く出会えていれば、飢骨を王都に誘い込まずに済んだ」

「黒翼仙ってそんな力も持っているのね」

「私は王都で虐殺をしたのだ……あなたの史書にそう書くといい」

本人からそう言ってもらえるならありがたい。でも、なんでも書けばいいというものでもない。

「どうかな。黒翼仙が飢骨を呼んで都は大騒ぎ、なんて書いたら一気にお伽噺《とぎばなし》になりそうだわ。だって天令より見た人少ないでしょ。かなり伝説上の存在。事実をありのままに書くのが天下古今なのに、三代目の女が馬鹿な妄想を加えたなんて言われかねないもの」

事実が想像を超えている場合はその記述には気を遣う。

「一理ある」

「でしょ。だからそのへん書くか書かないかは私の好きにさせてもらうわ。それで、殿下はどうして自分がこの国の王にならない道を選んだの」

こういうことこそ、しっかり聞いておきたかった。

「王后と弟を助けたかったのだ。このまま庚が滅び徐が復興すれば、前王后と前王太子を生かしておくのが難しい。特に男児である王太子は殺さないわけにはいかない。だから迎玉を公開するという奇策に打って出た。弟だとわかるや否や、それを決めたらしい」

「じゃあ十年来の計画じゃなかったんだ」

「あのとき女官の彩鈴が王の子を身籠もっているなど誰も知らなかった。彼女とて腹の子が男か女かもわからない。だが、徐王の子だ。庚王の子ということにしてしまうしか、その命を守る術はない。彼女とはよく話したが、綱渡りの日々だったのではないか」

庚の王后……いや、徐の王母陛下と呼ぶべきか。秘密を抱え、一人で頑張ってきたのかと思うと、たいした女だ。庚の側からすれば希代の悪女かもしれないが、どのみち誰であろうと善か悪かは見る側の角度の問題だ。

「それを知るや、寿白殿下は即座にあの壁上の一幕を考えたのね。天令も味方にして
……あ、あのとき一緒にいた、天の理がどうこう言っていた男の子が天令だったってことか」

朱可は小坤で寿白と少年の二人組に出会っていたことを話して聞かせた。

「でも、天令と一緒に旅してたなんて、さすが真の迎玉を果たした王って違うわ」

「いいや、あの天令は玉を返せと催促してついてきただけだ。結局、まんまと殿下に利用されたようだが」

「徐の天令は随分人間臭いのね。祭りになるのもわかる気がする。ね、本当は寿白殿下を玉座に据えたかったんじゃないの。あなたとしてはあれで良かったの？」

「殿下の意思だ……飢骨を倒したのも処刑を止めたのも。殿下には一国にとどまらない大きな使命があるのだろう。そう思うしかない。腹はたつがな」

「諸国を旅するつもりなんでしょ、殿下は。一緒に行かないの。やっと会えたのに」

「黒翼仙は忌み人。英雄に寄り添うには相応しくない」

あれだけ恋い焦がれた相手に会えたというのに、随分面倒な男だと思った。傲岸不遜な美貌も今はなんとも可愛らしく見える。

「人の誘いを断っておいて、想いが叶ったのに尻込みってどういうこと」

一緒に旅をしないかと、言ってみたのだ。女の方から。

「あのとき私は少し嬉しかった……生き直せるのかと。だが、私は何者にもなれない。黒い翼を背負う限りは」

「わかった。今度は殿下があなたを助ける番なんだね。あなたの殿下はそこんとこ気付いたんだわ」

「あの間男が？」

「あの間男がよ」

裏雲は笑っていた。

「今度は泥団子みたいに指から零れ落ちないよ。私は当分一人で天下古今を書き上げる。ここでしばらく復活した徐を見届けて、それから燕にも駕《が》にも行く。私が行く前に動きやすい国にしといてって、英雄殿下に言っておいて。私は一周したら越の都に戻る。もし生きてたら偉大なる史述家のところまで茶飲み話の相手になりに来てよ。翼もあるから楽々だよね。泥団子奪い合った仲なんだからさ」

理解のあるいい女を気取ってつらつら言ってみたけれど、涙が落ちていた。近頃はすっかり泣き虫な女になっているようだ。でも悪くない涙だと思う。ここまでのことを思い出すと可笑《おか》しくもある。裏雲がいなかったらとっくに死んでいたのだ。

この人は今まで殺したし、助けた。いつか助けた数が勝てばいい。こんな立場で、こんな状況で生きていたら、もうそう思うしかない。

「……あなたの本にちょっと良い役で出られたらいいかもしれないな。会えて良かった」

「裏雲は私にとっての英雄だよ」

そう言うと、裏雲は少しだけはにかんだように見えた。

「あなたの満願成就を祈っている」

裏雲が翼を広げた。胸元の猫が別れを告げるように顔を出す。

「さよなら宇春。裏雲のこと頼むね」

猫が肯いてくれた気がした。

大きな黒い翼は夜の空へと消えていった。これが今生の別れでないことを祈り、朱可はちょっとだけ惚《ほ》れた男を見送った。

さあ、感傷に浸っている時間も惜しい。史述家潘朱可には徐から庚、庚から徐に至る事実を書き連ねるという大仕事がある。できることなら寿白殿下本人から話を聞きたいものだ。

天下四国が続く限り、〈天下古今〉もまた終わらない。

終章

徐庚《じょこう》の変——天下《てんげ》四国《しごく》の南の、十年に渡る争乱を朱可《しゅか》はそう書き留めた。

ここにはたっぷりと記述を割いたものだ。天下四国最大の歴史的出来事だろう。なにしろ最高の場面を目の当たりにしたのだから、筆が乗って止まらなかったくらいだった。

朱可がつい記述に味付けしてしまいそうになると、窘《たしな》めてくれる弟子もいた。今は元密偵と元宦官《かんがん》の兄弟弟子にさらに孫弟子もいて、朱可が若くもない体に鞭打《むちう》つ必要もない。元宦官の弟子は多少の獣心掌握術が使えるため、仕事にも役にたっているようだ。

天下四国が終わらないのだから、〈天下古今〉も終わる必要がなかった。この先どこまで続くかが楽しみだ。

胤《たね》の制度を廃止するに至った燕《えん》の事件も面白い。甜湘《てんしょう》女王は善政に励み、夫の正体は今でもしらばっくれている。もはや四国共通の公然の秘密だ。我が越《えつ》は遷都のあと屍蛾《しが》の襲来による被害が減った。駕《が》国では雪を楽しむ祭りができたという。

平和すぎると史書は書くことがなくなるので、それはそれで困るのだが、贅沢《ぜいたく》な悩みと言えよう。先日はなにやら王様に勲章までもらってしまった。王侯貴族でもない女がもらうのは初めてだったらしく、たいそう話題になった。

こんな色気のない中年女にも楽しみはある。

ときどき来てくれる男友達がいることだ。いつだって史書のネタを運んでくる。持つべき者は羽付きの友。

世に争いの種が尽きないことも、四国が少しずつ変わり続けることも教えてくれる。殿下への想いは相変わらずだが、彼もまた世界が広がったようで余裕を感じさせる。

翼で大山脈を越え異境に行くことはできないが、足でなら行けるということを知ったらしく、英雄殿下と西異境に向かって丸三年帰ってこなかったときもあった。なんとも羨ましい方々だ。

(異境の歴史……ね)

それも面白いかもしれない。

思い切って挑戦してみようか。若くはないけれど、まだ老け込む歳でもない。好奇心は尽きることなく、史述家を突き動かしてくる。

朱可は窓に目をやった。

今日あたり遊びにきてくれそうな気がする。この予感はだいたい当たる。大きな白い翼を誇らしげに広げ、ゆうゆうと大空を舞ってやってくる。

徐庚の変の黒幕にして、底の底から這《は》い上がり、天に認めさせた男。天下四国を知り尽くし、私の本に駄目出しすらすることもある。

そんな男友達のためにお茶の準備でもしよう。

朱可は立ち上がると、ぼさぼさの髪を撫《な》でつけ、唇に紅を塗っていた。今日は西異境の話をたっぷり聞くことにしようと思いながら。

本書は書き下ろしです。

|著者| 中村ふみ　秋田県生まれ。『裏閻魔』で第１回ゴールデン・エレファント賞大賞を受賞し、デビュー。他の著作に『陰陽師と無慈悲なあやかし』、『なぞとき紙芝居』、「夜見師」シリーズ、「天下四国《てんげしこく》」シリーズなど。現在も秋田県在住。

大地《だいち》の宝玉《ほうぎょく》　黒翼《こくよく》の夢《ゆめ》

中村《なかむら》ふみ

2021年６月15日第１刷発行

講談社文庫
定価はカバーに
表示してあります

KODANSHA

発行者――鈴木章一
発行所――株式会社　講談社
東京都文京区音羽2-12-21　〒112-8001
電話　出版（03）5395-3510
　　　販売（03）5395-5817
　　　業務（03）5395-3615

デザイン―菊地信義
本文データ制作―講談社デジタル製作
印刷―――豊国印刷株式会社
製本―――株式会社国宝社

Printed in Japan

ISBN978-4-06-523090-9

講談社文庫刊行の辞

二十一世紀の到来を目睫に望みながら、われわれはいま、人類史上かつて例を見ない巨大な転換期をむかえようとしている。

世界も、日本も、激動の予兆に対する期待とおののきを内に蔵して、未知の時代に歩み入ろうとしている。このときにあたり、創業の人野間清治の「ナショナル・エデュケイター」への志を現代に甦らせようと意図して、われわれはここに古今の文芸作品はいうまでもなく、ひろく人文・社会・自然の諸科学から東西の名著を網羅する、新しい綜合文庫の発刊を決意した。

激動の転換期はまた断絶の時代である。われわれは戦後二十五年間の出版文化のありかたへの深い反省をこめて、この断絶の時代にあえて人間的な持続を求めようとする。いたずらに浮薄な商業主義のあだ花を追い求めることなく、長期にわたって良書に生命をあたえようとつとめるところにしか、今後の出版文化の真の繁栄はあり得ないと信じるからである。

同時にわれわれはこの綜合文庫の刊行を通じて、人文・社会・自然の諸科学が、結局人間の学にほかならないことを立証しようと願っている。かつて知識とは、「汝自身を知る」ことにつきていた。現代社会の瑣末な情報の氾濫のなかから、力強い知識の源泉を掘り起し、技術文明のただなかに、生きた人間の姿を復活させること。それこそわれわれの切なる希求である。

われわれは権威に盲従せず、俗流に媚びることなく、渾然一体となって日本の「草の根」をかたちづくる若く新しい世代の人々に、心をこめてこの新しい綜合文庫をおくり届けたい。それは知識の泉であるとともに感受性のふるさとであり、もっとも有機的に組織され、社会に開かれた万人のための大学をめざしている。大方の支援と協力を衷心より切望してやまない。

一九七一年七月

野間省一

講談社文庫　目録

講談社文庫　目録

講談社文庫　目録

西尾維新　掟上《おきてがみ》今日子《きょうこ》の備忘録
西尾維新　掟上今日子の推薦文
西尾維新　掟上今日子の挑戦状
西尾維新　掟上今日子の遺言書
西尾維新　掟上今日子の退職願
西尾維新　新本格魔法少女りすか
西尾維新　新本格魔法少女りすか2
西尾維新　新本格魔法少女りすか3
西尾維新　人類最強の初恋
西尾維新　人類最強の純愛
西村賢太　どうで死ぬ身の一踊り
西村賢太　夢魔去りぬ
西村賢太　藤澤清造追影
仁木英之　まほろばの王たち
西川善文　ザ・ラストバンカー〈西川善文回顧録〉
西川　司　向日葵《ひまわり》のかっちゃん
西　加奈子　舞台
貫井徳郎　新装版 修羅の終わり(上)(下)
貫井徳郎　妖奇切断譜
貫井徳郎　被害者は誰？
額賀　澪　完パケ！
A・ネルソン　「ネルソンさん、あなたは人を殺しましたか？」
法月綸太郎　雪密室
法月綸太郎　法月綸太郎の冒険
法月綸太郎　新装版 密閉教室
法月綸太郎　怪盗グリフィン、絶体絶命
法月綸太郎　怪盗グリフィン対ラトウィッジ機関
法月綸太郎　キングを探せ
法月綸太郎　名探偵傑作短篇集 法月綸太郎篇
法月綸太郎　新装版 頼子のために
法月綸太郎　誰《たそ》彼《がれ》〈新装版〉
乃南アサ　不発弾
乃南アサ　地のはてから(上)(下)
乃南アサ　新装版 鍵
乃南アサ　新装版 窓
野沢　尚　破線のマリス
野沢　尚　深紅
野村克也・宮本慎也　師弟
橋本　治　九十八歳になった私
原田泰治　わたしの信州
原田泰治・原田武雄　泰治が歩く〈原田泰治の物語〉
林　真理子　幕はおりたのだろうか
林　真理子　女のことわざ辞典
林　真理子　さくら、さくら〈おとなが恋して〉
林　真理子　みんなの秘密
林　真理子　ミスキャスト
林　真理子　ミルキー
林　真理子　新装版 星に願いを
林　真理子　野心と美貌〈中年心得帳〉
林　真理子　正妻(上)(下)〈慶喜と美賀子〉
林　真理子　大《お》原《はら》御《ご》幸《こう》〈帯に生きた家族の物語〉
林　真理子・見城　徹　過剰な二人
原田宗典　スメル男〈新装版〉
帚木蓬生　日御子(上)(下)
帚木蓬生　襲来(上)(下)
坂東眞砂子　欲情
花村萬月　信長私記

東野圭吾　天空の蜂
東野圭吾　どちらかが彼女を殺した
東野圭吾　名探偵の掟
東野圭吾　悪意
東野圭吾　私が彼を殺した
東野圭吾　嘘をもうひとつだけ
東野圭吾　時生
東野圭吾　赤い指
東野圭吾　流星の絆
東野圭吾　新装版 浪花少年探偵団
東野圭吾　新装版 しのぶセンセにサヨナラ
東野圭吾　新参者
東野圭吾　麒麟の翼
東野圭吾　パラドックス13
東野圭吾　祈りの幕が下りる時
東野圭吾　危険なビーナス
東野圭吾作家生活25周年祭り実行委員会　東野圭吾公式ガイド〈読者1万人が選んだ東野作品人気ランキング発表〉
東野圭吾作家生活35周年実行委員会 編　東野圭吾公式ガイド〈作家生活35周年ver.〉
平野啓一郎　高瀬川
平野啓一郎　ドーン
平野啓一郎　空白を満たしなさい(上)(下)
百田尚樹　永遠の0《ゼロ》
百田尚樹　輝く夜
百田尚樹　風の中のマリア
百田尚樹　影法師
百田尚樹　ボックス！(上)(下)
百田尚樹　海賊とよばれた男(上)(下)
平田オリザ　十六歳のオリザの冒険をしるす本
平田オリザ　幕が上がる
東　直子　さようなら窓
蛭田亜紗子　凜
樋口卓治　ボクの妻と結婚してください。
樋口卓治　続・ボクの妻と結婚してください。
樋口卓治　もう一度、お父さんと呼んでくれ。
樋口卓治　「ファミリーラブストーリー」
樋口卓治　喋る男
平山夢明　魂《たま》豆《どう》腐《ふ》〈大江戸怪談どたんばたん(土壇場譚)〉
東川篤哉　純喫茶「一服堂」の四季
東山彰良　流《りゅう》
東山彰良　女の子のことばかり考えていたら、1年が経っていた。
樋口直哉　偏差値68の目玉焼き〈星ヶ丘高校料理部〉
平田研也　小さな恋のうた
日野　草　ウェディング・マン
藤沢周平　新装版 春秋の檻〈獄医立花登手控え㈠〉
藤沢周平　新装版 風雪の檻〈獄医立花登手控え㈡〉
藤沢周平　新装版 愛憎の檻〈獄医立花登手控え㈢〉
藤沢周平　新装版 人間の檻〈獄医立花登手控え㈣〉
藤沢周平　新装版 闇の歯車
藤沢周平　新装版 市塵(上)(下)
藤沢周平　新装版 決闘の辻
藤沢周平　新装版 雪明かり
藤沢周平　義民が駆ける〈レジェンド歴史時代小説〉
藤沢周平　喜多川歌麿女絵草紙
藤沢周平　長門守の陰謀
藤沢周平　闇の梯子
船戸与一　新装版 カルナヴァル戦記
藤田宜永　樹下の想い

2021年3月12日現在